KB103904

나는 왜 그 간단한

 하나

제대로 못하고

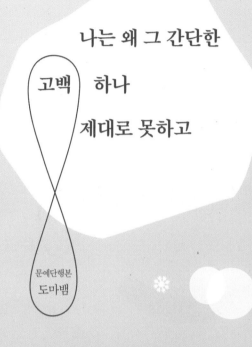

나는 왜 그 간단한

고백 하나

제대로 못하고

문예단행본
도마뱀

김봉석 | 서정은 | 박순찬 | 박미리새 | 장혜령 | 양안다 | 이현호 | 은정

이휜 | 제인 정 트렌카 | 김겨울 | 기혁 | 진윤정 | 곽시탈 | 서윤후 | 김영석 | 김이듬

도마뱀
/domabaem

아직

누군가에게

닿지 못한

말이 있어

● 편집부

'문예단행본 도마뱀' 시리즈 2호는 『나는 왜 그 간단한 고백 하나 제대로 못하고』이다. 흔히 '고백'이라고 하면 사랑하는 사람에게 건네는 어떤 '말'을 떠올리지만 세상에는 그 외에도 많은 고백의 말들이 있지 않은가. 내가 나에게 하는 고백, 세상에 일갈을 날리고 싶은 고백, 숨기고 싶었지만 숨기지 못한 고백, 내 의도와 다르게 받아들여지던 고백, 그리고 지금껏 하고 싶었지만 차마 하지 못한 고백 등…. 일상의 혼잣말부터 세상에 가 닿지 못한 고백까지.

　　고백이라고 해서 꼭 거창할 필요는 없다. 누군가는 "네가 무슨 자격으로 그런 말을 해?"라는 말을 하곤 한다. 하지만 고백이란 누구든 어떤 자격 없이도 할 수 있는 말이 아닐까. 고백을 한다고 해서 영화처럼 아름다운 장면만이 벌어지지 않는다는 건 우리도 이미 알지만, 그럼에도 가끔은 버스 창가에 앉아 스치는 풍경을 보거나, 어떤 노래를 들

아직 누군가에게 닿지 못한 말이 있어

으며 누군가를 떠올리게 될 때나, 강아지와 함께하는 산책길에 문득 전화를 걸어 서툴게 어떤 '말'이라는 것을 건네고 싶을 때가 있다. 이것의 미덕은 그럼에도 솔직하게, 이실직고하는 것이다. 누군가는 그 '말'이 하고 싶었을 뿐이다. 그 모든 '말'들이 결국엔 우리의 고백일 것이며, 우리들 삶의 작은 기록이 될 것이기에.

아직 누군가에게 닿지 못한 말이 있어 당신을 부른다. 허공 속으로 사라졌지만 여전히 남아 있는 말이 있어 당신을 생각한다. 당신만이 유일하게 응답해줄 수 있는 말이 있어 나는 쓰고 또 쓴다. 세상의 많은 말들 중에서도 누군가에겐 일생에 단 한 번 당신의 목소리로 기억되는 '말'이 있을 것이다. 어떤 고백은 고백을 했다는 것만으로 충분히 아름답지 않은가. 이 책장을 덮고 나면 당신의 마음속에도 그런 따스한 고백 하나쯤 남았으면 하는 바람이다.

편집부

"나는 왜 그 간단한 고백 하나 / 제대로 못하고 / 그대가 없는 지금에사 / 울먹이면서, 아, 흐느끼면서 / 누구도 듣지 못하고 / 알지 못할 소리로 / 몸째 징소리 같은 것을 뱉나니." 박재삼의 시「갈대밭에서」의 한 구절이다. 이 책의 제목은 여기에서 빌려왔다. 간단하지만 결코 간단하지 않은 이 고백에 시인, 대중문화평론가, 만화가, 문화기획자, 드라마작가, 사진작가, 성우, 라디오 PD, 시나리오작가 등 여러분이 함께했다. 선뜻 소중한 원고를 내어주신 필자 분들께 감사를 전한다.

아직 누군가에게 닿지 못한 말이 있어

차례

고백

•

김봉석

왜 말하지 않았어

그녀의 집은 아현동에 있었다. 지하철역을 나가 작은 시장을 지나면 오래된 주상복합아파트 한 동이 있었다. 신촌, 이대입구에서 데이트를 하고 나서 아파트 앞까지 가곤 했다. 지방에서 올라온 그녀는 결혼한 언니의 집에 함께 살고 있었다. 들어간 적은 한 번도 없었고, 언제나 아파트 안으로 들어가는 그녀를 보며 돌아서 나왔다.

대학교 1학년, 겨울이었다. 그녀를 처음 만난 것은 5월의 봄이었고, 6개월쯤 흘러 12월이 되었다. 편지를 주고받으며 한 달에 두세 번 정도 만나왔다. 연애라 하기에는 애매하고, 지금으로 말하면 썸 정도가 아니었을까. 지금 생각하면 썸이 너무 긴 거 아닌가 싶지만, 그때는 첫사랑이었고, 언제 뭘 어떻게 해야 하는지를 몰랐다. 지금이라고 딱히 아는 것도 아니지만 그 시절에는 정말 하나도 몰랐다. 좋아서 만나고, 다시 연락이 오면 그녀를 보면서 시간만 흘러갔다.

아마도 12월 초 어느 저녁, 집에서 책을 읽고 있는데 전화가 걸려

11

왔다. 전화기를 방으로 가져와서 한참 통화를 했다. 그러다 그녀가 말했다. 더 이야기하고 싶어. 집으로 올래? 오늘은 혼자 있어. 거절할 이유는 전혀 없었다, 버스를 타고 아현동으로 갔다. 저녁거리를 사서 집으로 돌아갈 사람들이 가득한 시장을 지나 아파트로 들어갔다. 계단을 올라 그녀의 집 앞에 섰다. 벨을 누르자, 그녀가 웃는 얼굴로 문을 열었다. 그녀의 방에서 다시 이야기를 했다. 어떤 이야기를 했는지는 기억나지 않는다. 아마도 좋아하는 것들과 낯선 세상을 이야기했겠지.

해는 이미 떨어졌고 우리는 대화를 이어나갔다. 그러다 문득 느꼈던 것 같다. 어두워졌다는 것을. 해가 져서 어두워진 것일까. 그녀의 집에 들어갔을 때는 아직 해가 있었는데, 그 순간에도 어두웠다는 느낌이다. 기분 탓이었을까. 바로 너머의 시간조차 알 수 없는 어두움. 단둘이만 있는 집에서 나는, 우리는 어떤 시간을 지나게 될까. 아직 사랑 고백도 못했는데. 문득 어둡다는 것을 느끼고도 우리는 이야기를 계속했다. 창밖의 가로등이나 달빛이나 건너편 건물의 빛이 스며들어와 캄캄하지는 않았다. 우리는 얼굴을 보면서, 이 순간이 영원한 것처럼 여전히 이야기를 하고 있었다. 아무렇지도 않은 듯. 송창식의 〈맨 처음 고백〉 가사처럼 "눈치만 살피다가 한 달 두 달 석 달 (…) 일 년 이 년 삼 년" 지나가고 있었다.

더 이상 외면하기 힘들 정도로 어둠이 내려오자, 그녀는 전등을 켜는 대신 촛불을 가지고 왔다. 로맨틱한 뭔가를 원한 것은 아니었다. 환하게 불을 켜기는 약간 어색하고, 어두운 채로 그냥 있기도 미묘하고, 어중간한 마음으로 아마도 촛불을 택했을 것이다. 일렁이는 촛불 옆에서 다시 이야기를 했다. 무슨 이야기를 한 것일까. 할 이야기가 뭐 그리 많았을까. 아마도 할 말을 하지 못해서 다른 말들만 넘쳐났을 것이다. 그러다가 처음 만났던 순간을 이야기하게 되었고, 우리들은 이후의 만남들에 대해서 반추하고 있었다.

그녀가 물었을 것이다. 내가 좋아? 바로 답했다. 좋지. 그러니까 편지를 하고, 만나고 어쩌고. 어설픈 고백이다. 아니 고백이라고 하기도 민망하다. 그녀가 묻지 않았다면 나는 말을 할 수 있었을까. 한 달 두 달 시간만 더 흐르지 않았을까. 주절주절 그녀를 좋아한다며 자기 증명을 하고 있자, 그녀가 말했다.

"왜 말하지 않았어."

그러니까. 왜 말하지 않았을까. 아니 못했을까. 맨 처음 고백이 힘들기야 하겠지만, 왜 몇 달이나 끙끙거리며 마음을 전하지 않았을까. 전해질 것이라고 나약하게 믿고 있었던 것은 아닐까. 말하지 않더라도, 분명하게 나의 감정을 전하지 않더라도 그녀는 알고 있지 않을까. 아마 알고 있을 거야. 그러니까 이렇게 만나주는 거겠지. 그렇게 믿으면서 또 믿지 못하면서 언젠가 나의 고백을 기다리고 있었다. 내가 먼저 하는 게 아니라 고백이 가능할 상황을 기다리기만 하면서. 어리석고 나약했다.

고백의 보상은 컸다. 처음, 그녀와 혀를 섞으면서 피 내음이 난다고 생각했다. 이건 피를 섞는 것일까. 형제가 되기 위해, 가족이 되기 위해 피를 섞고 마시는 영화 속 장면들이 생각났다. 피를 더하고, 나누는 것으로 곁에 있을 수 있다면 좋겠지. 폭력배보다는 뱀파이어가 좋다. 태양 앞에 드러난다면 순식간에 소멸하겠지만 어둠 속이라면 언제나 차가운 상태로 있을 수 있으니까. 타오르지 않고 영원히 스며들 수 있다면. 허튼 생각을 하며 첫 번째 사랑이 시작되었다.

그러니까, 그 순간에도 고백은 여전히 하지 못한 것이었다. 대답은 고백이 아니다. 첫사랑에서 고백을 못한 아쉬움 혹은 안타까움은 여전히 있다. 아닌가. 단지 내가 주도적으로 사랑을 해야 한다는 편견에 사로잡힌 것뿐일까? 고백이 없는 사랑도, 자연스레 좋아하며 마음이 통해 이루어지는 사랑도 가능하지 않을까? 고백은 사랑을 하기 위해 반드시 필요할까? 이후에는 고백을 많이 했다. 받기도 했다. 마음을 졸이며 시간을 보내는 시간은 언제나 있었지만 그래도 좋아하는 이에게는 대체로 사랑 고백을 했던 것 같다. 적어도 젊은 날에는.

판다는 판다다

나이가 들다 보니 고백이란 말, 단어의 의미도 조금 달라진다. 내가 좋아하거나 사랑하는 감정을 전하고 상대의 의사를 기다리는 고전적인 고백은 내심 시들해졌다. 그냥 심플하게 말하면 안 되는 것일까. 좋아해. 당신이 나를 좋아하지 않아도 괜찮아. 그래도 나는 당신을 좋아하고 배려하고 아낄 것이니까. 그러니까 사랑의 순환이 전제되지 않는 고백이 더 낫지 않을까라는 생각이 들었다. 나를 받아주세요, 가 아니라 내 감정은 이렇다고 전하는 것뿐이니까. 그가 받아들이지 않고 싶으면 그만이다.

　반면 고백은 사랑의 호소가 아니라 나에 대해 이야기하는 무엇으로 더욱 중요해졌다. 나라는 사람의 감정이나 일상의 한 단면에서는 잘 드러나지 않는 작은 비밀이나 과거를 말하는 것. 아주 심각할 수도 있겠지만 그저 차를 마시다가 오늘 날씨 좋네, 하듯이 툭 던져도 좋은 평범한 고백들. 그게 영어로 'Confession'의 의미에도 맞는 것 같고. 내 존재를 받아주세요, 같은 고백은 너무 무겁고 약간 섬뜩하다는 느낌도 들었다. 점점 더,

　그냥 가벼운 것이 좋아졌을 수도 있다. 일단 개인적 취향이라고 생각하자. 고백을 한다는 것은 나의 비밀을 드러내는 것이다. 나의 감정을 받아주세요, 부탁하는 것이다. 나는 이런 사람인데요, 라고 일단 말하는 것. 뭔가 돌아오지 않아도 좋고, 허공에서 툭 하고 떨어져도 좋다. 일단 말하는 것으로, 나는 만족한다. 비밀을 말한다고 그것만이 나는 아니고, 그것이 없어도 또 나는 누군가에게 성립하겠지.

　판다가 어느 날, 저는 곰이 아닌데요 너구리입니다 했다가, 다음 날은 사실 곰이었어요. 그러다가 다시 저는 곰도 너구리도 아니고 그냥 판다입니다. 그러면 듣는 입장에서는 꽤나 피곤하다. 그래 너는 곰 같았어 생각하다가 너구리라 하니, 그래, 너구리 같기도 했지. 다시 어느 것도 아닌 판다라 하니, 곰과 너구리와 비슷하기는 했지만 아무래도 달랐지. 그러니까 너는 곰과 너구리를 얼마씩 닮았는데 그냥 판다인 거지. 다 맞는 말이다. 판다가 어떤 종, 어떤 과로 규정되건 말건 눈앞에 있는 것은 그냥 판다일 뿐이다. 나는 판다하고 함께 있으면 되는 거지,

판다가 곰인지 너구리인지 고민할 필요가 없다. 나의 판다를 생각할 뿐. 내가 판다를 좋아하는 것은, 곰이나 너구리나 판다나 무엇이라서가 아니다. 그냥 검고 희고 둥글고 게으르고 그런 동물을 좋아할 뿐이다.

　　세상에는 온갖 말이 있고, 복잡하며 엄격한 규칙이나 규정이 있다. 나도 세상에 살고 있으니 어쩔 수 없이 따른다. 그런데 정답은 없다. 이 순간에는 이것이, 다음 순간에는 저것이 맞는 경우도 있다. 하나의 경우를 따르지 않아도 별다른 문제없이 지나가기도 한다. 처음 보는 이에게 마음을 터놓고 말했다가 신뢰를 쌓고 평생지기가 생겼다는 사람이 있는가 하면, 한동안 시간을 거치며 믿을 만한 사람이라 생각하며 비밀을 털어놓았다가 뒤통수를 심하게 맞고 인간을 믿지 않게 되었다는 이도 있다. 말해도, 말하지 않아도 탈이 생길 수 있다. 그렇다면 어느 순간에, 누구에게 고백을 해야 하는 걸까. 원칙을 어떻게 정할 것인가. 사랑의 고백이야 어차피 안 될 가능성이 더 많으니 일단 질러놓고 안 되면 포기할 수 있다. 그러나 살아가며 수없이 주고받는 작은 고백들은 할 수밖에 없고, 해야만 한다. 그렇다면 고백의 원칙이 있을까. 과연.

고백이 가벼운 세계

　　세상이 불공평하다는 것은 알고 있었다. 아무리 원해도 가질 수 없는 것은 있었다. 내가 아무것도 아니라는 점을 알았고, 세계에서 내가 서 있을 작은 자리 하나 마련하는 것만도 힘에 부친다는 것을 깨닫게 되었다. 최소한의 것을 만들기 위한 노력을 했다. 자립을 위한 물질

적 기반을 만들기에 매진했다. 세상의 불공평에 휘둘리지 않고, 최소한 나의 영역에서는 공평하기 위해 애썼다. 받은 만큼 주고, 주었으면 돌려받아야 한다고 생각했다. 오는 것이 있으면 가는 것이 있어야 한다고 규칙을 만들었다. 상호 간 신뢰가 쌓이면 믿었고, 내가 준 것이 있으면 언젠가 돌아온다고 믿었다. 울타리를 치고 방어적으로, 하나씩 채워 넣는 것으로 나의 세계는 견고해질 것이라고 믿었다.

한순간에 박살났다. 마흔이 넘었을 때였고, 어느 정도 삶의 틀이 잡히면서 내 세계를 유지할 수 있다고 스믈스믈 믿고 있었다. 동일본대지진의 피해가 컸던 것은, 해일에 대비하여 높은 방파제를 만들어두었지만 실제 발생한 해일이 더 높았기 때문이다. 예측을 했지만, 언제나 예상을 뛰어넘는 일은 있기 마련이다. 내가 아무리 준비를 잘해도 화산이 터지고 지진이 일어나 땅이 꺼지면 내가 할 수 있는 일은 없다. 자연의 변덕 아니 순환을 인정하고 내가 할 수 있는 일을 할 수밖에. 내 잘못이 하나도 없어도, 길 가다가 돌이나 칼에 맞아 죽을 수도 있는 것이다. 넘어지는 빌딩에 깔려 죽을 수도. 자연은, 우주는 그런 점에서 잔인하다. 귀여운 고양이가 쥐나 새를 잡아 죽이는 것처럼, 세계는 그저 할 일을 하는 것이다.

서서히 고백이 자유로워졌다. 내가 갖고 있는 비밀이 그리 대단한 것이 아니라고 생각했다. 내가 잘못한 것이 있다면 대가를 치르겠다고 생각했다. 내가 어리석고, 부족하고, 한심한 것을 감춰봐야 소용없다고 생각했다. 어차피 세상은 흘러간다. 세상이 흐르는 속에서, 마구 휩쓸리지 않으며 천천히 물에 떠가는 것만으로도 족하다. 나를 다 드러내고, 얼토당토않은 말도 들으며 가는 게 결국 인생이라고 생각하게 되었다.

믿음도 주고, 부탁도 했지만 도리어 이용하여 자신의 이익으로 쓰는 이들은 많다. 몇 번 당하고는 내려놓았다. 말하지 말자, 가 아니라 그러든가, 였다. 내가 믿음도 주고, 사랑도 주었으니 나에게 보답하라고 요구하지 않게 되었다. 바라지도 않고, 돌아보지도 않았다. 인과응보의 거대한 우주가 정말로 어딘가에 있다면, 그 우주가 알아서 해주겠지. 마찬가지로 부탁을 해서 안 되면 그런가 보다 하고 돌아섰다. 고백을 하는 것이 아니라, 대화를 하는 것이다. 힘들어 도와줘, 받아줘, 가 아니라 드러내고 보여주는 것. 도와줄 수 있다면, 내킨다면 그가 하겠지. 아니라면 내가 감당할 것이니 그 또한, 지나가리라.

고백의 세계는 참 이상하다고 생각하게 되었다. 아니 고백을 무겁게, 존재를 걸고 토로하거나 고발해야만 하는 세계는 확실히 낯설다. 사랑이야 그럴 수 있지. 그건 이성으로 조절할 수 없는, 언덕 위의 광풍 같은 거니까. 잠시 피하면 수그러들겠지만 일단은 너무 거추장스럽고 온몸을 휘감아버리니까. 물론 자신의 존재를 걸었다면서 고백의 형태를 빌려 순수한 사랑이나 자살이나 뭔가로 협박하고 동정심을 끌어내려 하는 작자들도 있어 사랑의 고백조차도 치사하게 느껴지는 경우도 있고.

그러니까 나는, 가벼운 고백의 세계를 원한다. 가볍게 나는 이래하고 깔깔거리고, 그는 다시 근데 뭐라고? 하며 눈을 똥그랗게 뜨다가 순간 아니다, 관심 없어, 하며 술 한잔 마시고 일어서버리는. 그러다 문

김봉석

득 밤에 전화해서, 그런데 그거 별건 아니더라, 나도 어쩌고저쩌고⋯ 하며 기프티콘으로 커피 한잔 보내주기도 하고.

　　가끔 사랑이 있으면 좋긴 하겠으나. 존재를 건 사랑은 너무 번거롭고, 나라는 존재가 너무 가벼워져버리기도 했고⋯.

김봉석

글 쓰는 일이 좋아 기자가 되었다. 《씨네21》, 《브뤼트》, 《에이코믹스》 등의 매체를 만들었고, 부천국제판타스틱영화제 프로그래머를 거쳤다. 어린 시절부터 영화, 소설, 만화를 좋아했고 어른이 되어서도 손에서 놓지 않았다. 자연스레 대중문화평론가, 작가로 활동하며 『나의 대중문화 표류기』, 『하드보일드는 나의 힘』, 『내 안의 음란마귀』, 『좀비사전』, 『나도 글 좀 잘 쓰면 소원이 없겠네』 등을 썼다.

고백

소개팅에서
할 수 없는
고백

●

서정은

"나 결혼해. 더 이상 소개팅하기 지겨워서."

결혼을 알리던 수많은 첫 문장 중에서 가장 강렬했던 한마디다. 이 말을 했던 지인과 연락이 끊긴 지는 오래지만 아마 잘 살고 있을 거다. 이혼이라도 한다면 그 지긋지긋한 소개팅을 또 해야 할 테니 말이다.

소개팅. 이것은 로또를 사는 것과 같다. 안 될 걸 알면서도 하는 거다. 찬바람이 훅 불어와 한 살 더 먹기 일보직전임을 깨달을 때, 몇 안 남은 솔로 동지들 중 한 명이 모바일 청첩장을 날릴 때, 자려고 누웠는데 50년 후에도 이렇게 혼자 누워 있을 것 같다는 생각에 검은 천장을 바라보며 잠 못 이룰 때. 카톡 친구 목록을 쭉 훑으며 행운의 편지마냥 메시지를 날리는 거다. "주변에 혹시 소개시켜줄 사람 있어?" 하고.

그렇게 힘들게 소개팅을 성사시키고 나면 살벌한 본게임이 기다리고 있다. 살면서 소개팅이라는 걸 한 번이라도 해본 사람이라면, 그 자리가 끊임없는 허세와 허풍, 내숭과 가식의 현장임을 잘 알 것이다. 소개팅의 결과가 로또와 같다면, 소개팅 현장 그 자체는 도박판과 비

숫하다. 서로 패를 하나씩 까 보이면서 기싸움을 하니까. '나 이런 사람이야. 너는? 너는 어떤 카드를 보여줄 거니?' 정보가 하나씩 오픈될 때마다 이런 느낌이랄까. 중요한 건 겉으로는 항시 미소 짓고 있어야 한다는 거다. 도박판에서 무표정한 포커페이스가 유리하다면 소개팅에서는 웃는 얼굴로 마음을 숨기는 게 유리하다. 또한 판돈을 다 잃어도 상관없다는 여유, 이 소개팅이 망하더라도 나는 아무런 타격이 없다는 여유 넘치는 자세를 유지하는 것이 핵심이다. 물론 어느 순간 소개팅이 100% 망했다는 확신이 들면 미소와 여유를 유지하기는 어려워진다. 그 확신은 상대방과 "안녕하세요?"라는 인사를 나누며 정면으로 얼굴을 쳐다본 순간일 수도 있고, 식사를 하며 몇 마디의 대화를 나눈 후일 수도 있고, 식사 후 옮긴 카페에서 상대가 화장실에 가고 혼자 남은 때일 수도 있다.

어쨌든 그 치열한 도박판 아니, 소개팅의 현장을 수십 번 경험하면서 나는 늘 가장 중요한 패 하나를 숨기고 있었다.

"주말에는 보통 뭐하세요?"

그러다 이 질문을 받으면 그 패를 꺼낼지 말지 결정해야 했다. 나는 주말마다 드라마 대본을 쓰고 합평을 받는 스터디를 하고 있었는데, 그것이 소개팅이라는 살벌한 현장에서 결코 긍정적인 패가 아님을 알고 있었다. 한창 소개팅을 할 당시에는 그럭저럭 안정적인 직장에 다니며 글을 쓰고 있었기 때문에 '결혼 후에도 일과 집안일을 병행할 수 있는 여자', '육아휴직을 자유롭게 쓸 수 있는 여자', '복지 좋은 회사에 다니는 여자'의 카드만을 보여줘야 했다. 하지만 글로 밥 벌어 먹고 살 수만 있

서정은

다면 회사 따위 언제든지 때려치울 준비가 되어 있었기에 '언제든 직장을 때려치울 수 있는 여자'의 카드 역시 있었다. 앞서 보여준 안정적인 카드를 무용지물로 만드는 조커 같은 카드.

직업의 안정성을 차치하더라도 드라마가 대부분의 남자에게 매력적이지 않다는 것도 문제였다. 심지어 로맨스 드라마는 신데렐라를 꿈꾸는 여자들이나 보는 약간은 한심한 장르로 폄하되곤 하는데 그런 드라마를 직접 쓰는 작가라니. 사랑을 너무 이상적으로 바라보는 건 아닐까 걱정이 되는 거다. 게다가 TV에서 비춰지는 드라마작가의 모습은 부스스한 파마머리에 왜인지 늘 화가 나 있고, 담배나 술 없이는 살 수 없는 신경쇠약의 노처녀로 묘사되기 일쑤다. 이건 그나마 성공한 드라마작가의 모습이고, 작가 지망생에게 씌워지는 프레임은 더 가혹하다. 백수, 현실감 없는 몽상가, 예술가병(病)이 있고, 집이나 카페에만 틀어박혀 사회성이라곤 없으며 툭하면 맞춤법과 띄어쓰기를 지적하는 사람.

이러한 위험성이 있으니 상대 남자를 다시 만날 생각이 없다면 굳이 이 카드를 꺼내 구구절절 설명할 필요도 없었다. "주말에는 혼자 영화관에 가서 조조영화 보는 것을 즐긴다.", "집 앞 헬스장에 가서 러닝을 한다." 같은 말로 적당히 넘어가면 되는 일이었다. 애초에 여가 시간에 뭘 하느냐로 상대방의 성실성, 적극성, 활동성을 캐치하려는 의도의 질문이었으니.

하지만 조금이라도 호감이 가고 다시 볼 가능성이 있는 남자에게는 그 패를 숨길 수 없었다. 나 역시도 상대가 글 쓰는 일에 대해 어떻게 생각하는지, 그 패를 봐야 했다.

소개팅에서 할 수 없는 고백

"주말에는 스터디를 해요. 드라마 대본을 쓰고 있거든요."

얼굴은 웃고 있지만 비장한 마음으로 내 패를 까고 상대의 표정 변화를 살폈다.

"대단하시네요. 저는 보고서 한 줄 쓰는 것도 힘들던데."

적극적인 호응이 매너의 일부라고 생각하는 남자는 이렇게 반응했다.

"오, 그러시구나. 저도 예전에 백일장에 나간 적이 있었는데요."

어떻게든 자신과의 공통점을 찾아내려는 남자도 있었다.

"글을 써요? 고상한 취미 생활이네요."

뭔가 칭찬을 해보겠다고 한 말이지만 실패하는 남자도 있었다. 내 상식에서 취미는 음악 감상, 영화 감상, 독서 같은 것들이다. 노력보다는 즐김에 무게중심이 있는 행위들. 그래서 딱히 성과나 결과 같은 게 없는 것들 말이다. 매번 공모전에 글을 써 보내고 결과에 낙담하던 나에게 글쓰기가 취미 생활이라는 말은 마치 공무원 시험을 취미로 준비한다는 말과도 같았다. 하지만 웃어넘겼다. 그 사람은 나를 평범한 회사원으로 알고 소개팅에 나왔을 테니까.

어쨌든 소개팅의 마지막은 항상 "오늘 즐거웠어요."로 끝났다. 옷가게 직원의 "딱 하나 남았어요." 남자친구의 "넌 쌩얼이 더 예뻐."처럼 우리 모두가 알고 있는, 암묵적으로 합의된 그런 거짓말. '상대 역시 그 비슷한 마음으로 "연락드릴게요."라는 말을 했다. 집으로 돌아가는 길은 허탈할 수밖에 없었다. 그러면서 생각했다. 상대방도 분명 중요한 패를 꺼내놓지 못했을 거라고. 상대가 나보다 먼저 조커를 꺼내는 소개

서정은

팅을 해보고 싶다고 말이다.

"사실 저는 어쩔 수 없이 헤어졌어요."

그러다 소개팅에서 지난 연인에 대한 이야기를 하는 남자를 만났다. 처음에는 내가 얼마나 마음에 안 들면 전 여친 얘기를 하고 자빠졌나 싶었다. 듣다 보니 평범한 이야기는 아니었다. 전 여친이 큰 병에 걸려서 오랫동안 간호하다가 어쩔 수 없이 헤어졌고, 그래서 아직도 힘든 상태라는 얘기였으니까. 이 드라마 같은 사연을 믿어야 하나 말아야 하나 번뇌하면서도 사실일 가능성을 염두에 두며 진지하게 들었다. 소개팅이 끝나고 주선자에게 넌지시 물었더니 주선자 역시 알고 있는 내용이라면서도 소개팅에서 저 이야기를 할 줄은 몰랐다는 말을 덧붙였다. 어쨌든 완곡한 거절의 의미로 받아들였는데 의외로 애프터가 왔다. 더욱 의외로 그의 구애는 적극적이었다. 하지만 만날 때마다 전 여친 생각이 났다. 평생에 한 번 있을까 말까 한 진하고 깊은 멜로드라마를 찍고 온 이 남자의 마음속에는 죽을 때까지 전 여친이 있을 거라는 찜찜함이 늘 따라다녔다. 결국 인연이 아닌 것 같다는 흔한 말로 관계를 정리하고 깨달았다. 소개팅에는 애초에 고백이라는 묵직한 단어가 어울리지 않는다는 것을. 이제는 그 남자의 얼굴도 이름도 생각나지 않지만 그 생소한 고백, '이런 얘기를 해도 되나?' 하며 어렵게 말을 이어나갔던 것은 기억이 난다. 그는 아마도 그 고백을 통해 자신의 아픔을 이해해 줄 여자를 만나고 싶었을 것이다. 그 고백의 용기에는 지금도 고마운 마음이 든다.

고백은 필연적으로 망설임과 용기를 내포하고 있다. 대부분의 고백이 사생활, 과거, 가정사, 가치관, 욕망, 후회, 열등감 같은 진지하고 묵직한 카테고리에 밀집되어 있으니까. 혈액형이나 생일, 신발 사이즈, 사상체질 같은 걸 말할 때 고백한다고 표현하지는 않으니까. 쉬운 고백은 고백이 아니다. 누군가가 쉬운 고백을 했다면 그건 그저 쉬워 보이는 고백이었을 거다.

고등학생 때, 여자와 사귀고 있다며 커밍아웃을 한 친구가 있었다. 그 고백은 겉으로 봤을 때는 쉬워 보였다. 쉬는 시간이었고 주변은 적당히 시끄러웠으며 그 친구 주변으로 나를 비롯한 많은 친구들이 모여 있었다. 기껏해야 담임 욕을 하고, 옆 반 남자애 이야기나 하며 떠들고 있었을 텐데 그 친구의 커밍아웃에 분위기는 찬물 끼얹은 듯 심각해졌다. 정작 그 애는 "점심시간에 급식 대신 빵 사 먹을래?" 정도의 말투였지만.

누군가는 걱정을 했고, 누군가는 아이돌의 열애 장면을 목격한 기자마냥 궁금해했다. 어떻게 만났냐, 며칠이나 사귀었냐, 질문이 쏟아졌다. 나는 무슨 말을 해줘야 하나 생각하다가 잘 만나라는 한마디를 했다. 평소 퀴어 영화를 보면서 내게 이런 상황이 생긴다면 호들갑 떨지 말고 별일 아니라는 듯이 쿨하게 반응하자고 생각했으니까. 하지만 믿어지지 않았다. 내 친구가 레즈비언이라니. 진짜일까? 그냥 관심 받고 싶은 거 아니야? 나중에 나한테 좋아한다고 하면 어쩌지? 속으로는 이런 한심한 생각을 했다. 그 후 친구들은 그 친구를 볼 때마다 여자친구와 잘 사귀고 있는지, 스킨십은 어떻게 하는지를 물었다. 그 친구는 쏟아지는 질문에 항상 덤덤하게 대답하다가 서서히 말수가 줄었다.

서정은

성소수자 이슈가 있을 때면 가끔 그 애 생각이 난다. 키가 크고 웃을 때 귀엽게 눈이 사라졌고, 치마를 길게 내려 입었던 애. 그 애는 심각한 자신의 이야기를 어떻게든 가볍고 밝게, 아무렇지 않은 척 알리고 싶었는지도 모른다.

로맨스 드라마에서 남녀 주인공의 첫 만남은 굉장히 중요하다. 첫 만남이 강렬하고 특별하고 운명적일수록 사랑에 빠지는 정당성을 부여받고 시청자들 역시 그 사랑을 응원하게 된다. 자전거에 부딪치고, 엘리베이터에 갇히고, 목숨을 구해주는 등의 무리한 설정이 쏟아지는 것은 바로 이 때문이다. 많은 드라마작가들은 큐피드가 되어 두 주인공을 어떤 참신한 방법으로 엮어줄 수 있을지에 대해 고민한다. 서로의 정보를 다 전달받은 상태에서 카톡을 주고받다가 정해진 날짜에 예약해둔 식당에서 만나 예의 있게 인사를 나누고 스테이크를 썰며 대화를 나누는 남녀 주인공이 나온다면 아무도 그 드라마를 봐주지 않을 것이다. 당장 주말에 이탈리안 레스토랑에만 가도 수많은 청춘남녀들이 짝을 찾기 위해 포크를 돌리며 파스타를 먹는 모습을 볼 수 있는데 드라마에서까지 낭만 없는 첫 만남을 구경하고 싶지는 않을 테니까.

소개팅은 낭만적이지 않다. 기업체 면접처럼 현실적이고, 잘 훈련된 아이돌 연습생의 답변을 듣는 것처럼 지루하기 마련이다. 세상에는 드라마 같은 만남이 존재하지 않기에 한때는 소개팅에서 어떻게든 낭만을 찾아보려 애썼던 것 같다. 애초에 그 자리는 낭만의 가능성을 엿보는 자리이지 낭만을 느끼는 자리가 아닌데 말이다. 내게 소개팅은 지긋

지긋하면서도 한편으로는 재미있었던, 그 많은 남자들과 몇 시간의 짧은 연애를 한 것 같은 기억으로 남아 있다. 이제는 그 소개팅에 가지고 갈 카드도 다 잃어버린 지 오래다. 재작년부터 회사를 그만두고 전업 작가의 삶을 살게 됐으니까. 수중에는 '직장인의 고정 수입은 없지만 언제 대박이 터질지 모른단다.' 정도의 카드만 남아 있다.

〈코미디 빅리그〉 방청객마냥 영혼 없이 웃다가 오랜만에 신은 하이힐 때문에 아픈 발을 이끌고 집에 돌아온 누군가에게, 비싼 저녁값만 날렸다 생각하며 느끼한 속을 달래기 위해 라면을 끓여먹는 누군가에게 낭만을 선물해주고 싶다. 그들이 허전한 마음으로 TV를 켰을 때, 어쩌면 나도 저 비슷한 사랑을 해볼 수도 있지 않을까, 꿈꾸게 해주는. 삭막한 가슴에 설탕을 솔솔 뿌려주는 작가가 되고 싶다고. 소개팅에서 못다한 고백을 해본다.

서정은

서정은

평범한 직장 생활을 하며 드라마작가를 꿈꿨다. 2015년 JTBC 극본공모전에서 「조인성과의 마지막 데이트」로 웹드라마 부문 대상을 수상하고, 2017년 JTBC 웹드라마 〈막 판로맨스〉로 데뷔했다. 현재 미니시리즈를 준비 중이다.

소개팅에서 할 수 없는 고백

하찮은 고백

●

박순찬

혀

달콤함, 씁쓸함, 매콤함을 얻지만 남에게 주기도 한다.

인간의 혀란.

지독한 전염병이 돌아 입을 마스크로 막고 대면을 피하게 되니 달콤함도 씁쓸함도 매콤함도 주고받는 일이 줄어들었다.

하찮은 고백

온라인

이런 사태의 충격을 줄여주기 위함이었을까?

인간은 대면하지 않아도 소통할 수 있는 온라인 광장을 아주 잘 닦아두었다.

하지만 그 광장에선 마스크가 아닌 복면을 쓰고 상처 주는 혀가 쉽게 날뛴다.

뭐가 그리 많이 쌓였는지 그 혀는 거칠기도 하다.

박순찬

하찮은 고백

마스크

　바이러스를 막기 위해 쓰는 마스크는 온라인 광장의 복면처럼 얼굴을 가려주기도 한다.

　꼴 보기 싫은 직장 상사를 길에서 마주쳐도 잘 알아보지 못하니 그냥 지나칠 수 있다.

　알바들은 손님에게 억지웃음 짓지 않아도 돼 한결 편하다.

　알바 자리가 코로나 때문에 많이 줄긴 했지만.

박순찬

하찮은 고백

마스크 뒤

돌이켜보면 자유롭게 사람을 만나고 모였다고 해서,
마스크가 필요 없던 시절이라고 해서
마스크를 쓰지 않았던 것은 아니다.
싫은 직장 상사 앞에서,
무례한 손님 앞에서
웃는 마스크를 늘 쓰고 있었으니까.
하찮은 고백거리는 늘 마스크 뒤에 있다.

박순찬

박순찬

풍자만화 〈장도리〉를 신문에 연재 중인 만화가이다. SNS를 통해 '냥도리'라는 길고양이 그림을 종종 올리고 있다. 박정희가 주인공인 만화를 공저로 작업한 적이 있고, 장도리 연재분을 모은 단행본을 7차례 출간하였다. 역사적 정치인 피규어를 기획 중에 있으나 언제 제품이 출시될지는 미정이다. 새로운 만화책이 빠른 시일 안에 나오도록 애쓰는 중이다.

하찮은 고백

안 믿기겠지만

낯을
가려요

●

박미리새

"사람과 만나는 것을 좋아합니다."

스물네 살, 패션 전문 홍보 에이전시의 취업을 위해 적었던 자기소개서에는 위와 같은 문장이 적혀 있었다. 당시엔 정말로 그렇다고 생각했었다. 나는 사람을 좋아하고, 만나는 것이 즐거운 사람이라고. 그렇게 '패션 홍보담당자'가 되어 시작한 사회생활 첫걸음은 우왕좌왕의 연속이었지만, 나름의 재미가 있었다. 막내 시절에는 기자, 스타일리스트를 비롯해 정말 다양한 패션계 사람들을 만나야 했는데 이십 대의 젊은 패기와 새로 배우는 일에 대한 기쁨으로, 그리고 사람과 만나고 부딪히는 것을 좋아한다고 스스로 여기고 있었으므로 자발적으로 생성되는 즐거운 노동력이란 게 있었다.

몇 년 전 유명 패션 매거진에 한 칼럼이 실렸다. 이른바 패션피플이라고 불리는 다양한 직종의 성격을 망라한 칼럼이었다. 거기에 적혀 있는 홍보담당자에 대한 설명은 이렇다. "이보다 상냥할 수 없다. 반달

안 믿기겠지만 낯을 가려요

같은 눈웃음으로 소심한 기자들을 안심시키며, 일부 삐뚤어진 기자들의 염장 지르는 멘트에도 정신줄을 놓지 않고 미스코리아 스마일로 답한다." 딱 내 모습이 이랬다.

누구보다 열정적으로 사회 초년의 시기를 보내고 연차가 쌓여 어느덧 팀장의 위치까지 올랐을 즈음엔 최전선에 서서 기자나 스타일리스트를 대할 필요가 없어졌다. "반달 같은 눈웃음으로" "정신줄을 놓지 않고" 상대방이 어색함을 느끼지 않게끔 내 쪽에서 애를 써서 대화를 건네야 하는 의무에서 조금은 벗어났달까. 그때 나는 정체를 알 수 없는 묘한 안도감을 느꼈다. 이 느낌이 무엇인지 알아차리게 된 것은 그로부터 10년이나 흐른 최근에 와서다.

얼마 전 인터넷에 떠도는 '주변에서 낯가린다고 하면 안 믿는 사람 특'이라는 글을 가까운 사람들에게 공유하며 "이거 나네?"하며 한참을 웃었다. 거기서 말하는 특징은 이렇다. 어색한 분위기를 참지 못해서 먼저 말을 꺼내고, 3명 이상 있어야 어색함을 느끼지 않고, 자신보다 말을 많이 하는 사람이 있으면 말수가 줄어들고, 무엇보다 이러고 집에 오면 녹초가 된다는 것이다.

십 년 동안 패션 홍보 일을 하다 음악계로 이직한 지 5년 만에 번아웃이 크게 찾아왔다. 코로나19로 인한 작금의 팬데믹 상황도 한몫했겠지만 번아웃은 나에게 엄청난 무기력을 안겨주었고 업이라고 할 수 있는 SNS 활동과 음악 듣기를 모조리 멈추는 일까지 생기게 되었다. 이십 대엔 힘들어도 계속해서 나아갈 수 있는 동력이 있었지만 삼십 대 후반에 와선 그나마 있던 에너지도 고갈된 상태였다. 번아웃이 온 나는 여유가 없어졌고, 뾰족해졌다. 작은 일에 화가 나는 것은 물론이고 어떤 제품이나 서비스에 대한 컴플레인을 걸 일이 있으면 옳다구나 하고 CS상담원에게 악다구니를 부렸다. 말도 안 되는 악다구니를 쏟아내면서도 '아 이게 아닌데.' 하는 생각이 마음속에 자리하고 있었지만, 도무지 조절이 되지 않았다. 항상 유지해 오던 친절함과 미소를 잃었고, 하고 싶어서 하는 일이 더 이상 즐겁지 않았다.

나에게 일은 삶 그 자체였다. 지금까지 좋아하지 않았던 일을 해본 적이 없다. 관심 밖의 일을 하지 않았던 건지 내가 하는 일에는 무조건 애정을 쏟았던 건지 순서는 정확히 모르겠지만, 일은 곧 나의 아이덴티티였다. 그런 내가 일이 더 이상 즐겁지 않다고 느낀다는 건 좀 과장해서 이야기하면 생명을 잃은 것과 같았다. 그러니 어떻게든 이 침잠에서 벗어나고 싶었다.

새로운 분야로 이직을 하고 나서 한동안 제일 많이 들었던 질문은 "뭐하던 분이세요?"였다. 음악판은 어떤 부분에서 약간 폐쇄적인 경향이 있는데 나는 그런 곳에 유행 지난 시쳇말로 갑(자기) 툭 튀(어 나온) 인물이었던 것이다. 새로운 세상에 적응하려고 노력하면서 내가 '갑툭튀'라는 걸 들키지 않기 위해 필요 이상으로 활기찬 척을 했고 분위기를 즐

겹게 만들어야 한다는 강박에 사로잡혔다.

　기획한 공연 중에 책을 읽고 음악을 들으며 하룻밤 동안 휴식을 취하는 콘셉트의 실내 페스티벌이 있다. 회사가 처음 만든 브랜드이기도 하고, 개최할 때마다 많은 고민을 쏟아 부으며 프로그램을 만들기 때문에 각별한 애정을 가지고 있다. 매번 페스티벌에서 이야기하고 싶은 주제를 정하고는 하는데, 그동안 정했던 주제들은 '자존감', '나를 찾는 여행', '모멘텀' 등이었다. 당시의 트렌드를 따라 이런 주제를 정한 것이기도 했지만 관객들이 이 시간만큼은 모든 걸 잊고 좀 더 자신을 내밀히 바라봤으면 하는 생각 때문이었다. 그런데 정작 나 자신은 바쁘다는 핑계로 나를 들여다보지 않았던 것이다.

　대부분의 사람들은 인생에서 어떤 일이 닥쳐 좋지 않은 영향을 끼쳤을 때 외부, 혹은 남에게서 그 이유를 찾는다. 나 역시 그랬다. 사람들 때문에 지쳤다고, 주변인들에게 토로하곤 했다. 누가 나를 지치게 하는가에 집중했고, 내가 받은 상처만 보는 데 급급했다. 사람들과의 연락을 최소한으로 줄이고 지내봤지만, 조금 나아지는 듯하다가도 다시 제자리로 돌아갔다. 진짜 문제가 어떤 건지 알려고 하지 않았기 때문이다. 어쩌면 애써 피하려고 했는지도 모르겠다.

　돌이켜보면 어릴 때는 낯을 많이 가리는 편이었다. 친구를 사귀는 건 힘이 들었고, 학년이 바뀌는 2월 봄방학을 잔뜩 긴장하며 보내곤 했다. 그렇다고 따돌림을 당하거나 외톨이였던 적은 없다. 내 주변엔 언제나 좋은 친구들이 있었다. 하지만, 내가 먼저 다가가 친구를 사귀어 본 적은 없었다. 그래서 학년이 바뀌고 친했던 친구와 떨어져 새 반으로 올라갈 때면 제발 누구라도 먼저 다가와 이름을 물어봐 주길 바랐다. 이런 나에게 전학은 거의 인생 최대의 위기였다. 불행 중 다행인 건 중학교 때 불안을 온 마음에 안고 전학 간 학교가 신도시에 새로 개교한 학교라 전교생이 모두 전학생이라는 점이었다. 어쩌면 모든 걸 새롭게 시작할 수 있을지도 모르겠다고 생각했고, 그때부터 부단히 성격을 바꾸려고 노력했다. 그렇게 이십 대에 접어들었을 때 나는 정말 쾌활하고 사람도 잘 사귀는 사람이 되어 있었다. 물론 사람을 사귀고 만나는 일이 싫었던 적은 없었다. 대부분의 만남은 내게 크건 작건 깨달음을 선사한다. 영감을 안겨준 사람도 있고 살아가는 데 새로운 인사이트나 좋은 영향을 미친 사람도 많다. 다만 나는 어색한 분위기를 깨고자 먼저 다가가는 것에 남들보다 좀 더 많은 에너지를 써야 하는 사람이었던 것뿐이었다.

"저 사실은 낯을 몹시 가리는 사람입니다만…"이라고 고백하는 것이 자신감이 없는 사람이 된다거나 "홍보하는 사람이 어떻게 낯을 가릴 수 있나요?" 하며 비난받을 일이 당연히 아닐진대 왜 그토록 애쓰며 살아왔던 걸까.

사회학자 어빙 고프먼은 사회적 삶 자체를 하나의 연극에 비유했다.

안 믿기겠지만 낯을 가려요

인간은 일상이라는 무대에서 자신이라는 배역을 연기하고 있
다. 사람(Person)이라는 단어의 첫 번째 뜻이 '가면(Persona)'이
라는 게 역사적 우연만은 아닐 것이다. 사람은 저마다 언제 어디서
나 다소 의식적으로 연기한다는 인식을 가리킨다. (중략) 우리는
역할을 통해 서로를 안다. 우리 스스로를 아는 것도 역할을 통해
서다. 역할에 맞는 행동을 하려고 분투하며 우리가 구축해 온 스
스로에 대한 관념을 가면이라고 한다면 가면은 우리의 참자아, 우
리가 되고 싶어하는 자아다. 결국 역할이라는 것은 우리의 제2의
천성, 인성을 구성하고 통합하는 성분이다. 우리는 한 개인으로
이 세상에 들어와 성격을 획득했고, 그러면서 사람이 된다.

— 어빙 고프먼, 『자아 연출의 사회학』에서

만면에 미소를 띠고 연기했던 지난 15년이 나의 1막이었다면, 마
흔이 되어 찾아온 이 지독한 번아웃의 정체는 아마 나의 2막의 시작을
알리는 모멘텀일지도 모른다. 그러니 나는 이전에 썼던 가면을 내려놓
고 낯을 좀 가리는 지금의 역할에 충실하면 되는 것이다. 진정한 의미와
자기실현은 인생의 오후에 해당하는 중년 이후에 시작된다고 칼 융이
그러지 않았던가. 고맙게도 마흔은 불혹까지는 몰라도 적어도 불필요
한 것에 매달리지 않고 행복을 찾아가는 방법쯤은 알게 되는 나이인 것
이다. 인생의 오후에 접어든 나는 더 이상 연기하지 않고 좀 더 낯가리
는 삶을 살아도 된다.

박미리새

나는 여전히 사람을 좋아한다. 하지만 누군가에게 일부러 다가가기 위해서 억지로 에너지를 쏟지는 않는다. 다른 사람과 나, 그리고 가면을 썼던 나와 완벽하지 않지만 부족함을 인정하는 나 사이에 적당한 거리를 두고 내 속도대로 천천히 길을 가는 중이다. 내가 잘할 수 있는 일을 좋은 사람들과 행복하게 오래오래 하기 위해서 오늘도 난 타인과 나의 적정한 거리를 유지한 채 수줍게 고백한다.

"제가 낯을 좀 가립니다만, 그건 당신과 만나기 싫어서 그런 건 아니에요."

박미리새
십 년간 패션 홍보 일을 하다 지금은 책과 음악에 닿아 있는 일을 하고 있다. '페이지터너'에서 이사로 재직하며 〈서울숲재즈페스티벌〉, 〈라운드 미드나잇〉 등 다양한 공연을 만들고, 서교동에 있는 음악·서점 '라이너노트'도 함께 운영 중이다.

보이지만
보이지 않는 것,

존재하지만
발견되지 않는 것

●

장혜령

요롱이는 말한다. 나는 정말 요롱이가 되고 싶어요. 요롱요롱한 어투로 요롱하게. 단 한번도 내리지 않은 비처럼 비가 내린다. 눈이 내린다고 써도 무방하다. 요롱이는 검은색과 검은색의 차이에 대해 이야기한다. 끊임없이 끊임없이 계속해서 계속해서. 마침표를 잃어버린 슬픔, 양팔을 껴야만 하는 외로움. 그건 단지 요롱요롱한 세상의 요롱요롱한 틈새를 발견한 요롱요롱한 손가락의 요롱요롱한 피로.

보이지 않는 틈 속으로 한 발을 들이밀면 더 이상 이전으로 돌아갈 수 없다. 어디선가 우는 소리가 들린다. 가슴속 모음이 가슴에서 눈으로, 눈에서 입으로, 입에서 울음으로 옮겨가는 일을 보는 일은 요롱요롱하다. 울지 말아요 울지 말아요. 당신만의 요롱이를 찾지 못했을 뿐 그건 당신 잘못이 아니잖아요. 내 잘못이 아니어도 요롱요롱 용서를 구하고 싶다.

— 이제니, 「요롱이는 말한다」(『아마도 아프리카』)에서

보이지만 보이지 않는 것, 존재하지만 발견되지 않는 것

요롱이를 처음 만난 것은 십 년 전 겨울의 일이다. 요롱이를 처음 보았을 때는 뭐랄까, 딱 꼬집어 표현할 수는 없었지만 표현할 수 없는 그 마음이 바로 요롱요롱이겠다는 생각을 했다.

그때쯤 나는 십 대들을 만나고 그들이 참여하는 프로그램 만드는 일을 했다. 그곳에서 만난 어떤 아이들은 학교를 다니면서도 마음속 빈 부분을 채우기 위해 그곳에 왔다. 또 어떤 아이들은 학교를 그만두고는, 그곳 대안학교에 다니는 길을 선택해 그곳에 왔다. 그런데 어떤 아이들은 그곳에서조차 자신의 자리를 찾지 못해 주변을 맴돌았다. 자리를 찾지 못하기는 나도 마찬가지였다. 나는 자연히 그런 친구들에게 가까운 마음이 들었다.

그중 내가 일을 시작할 때 처음 그곳에 나타나 머물곤 했던 남자아이가 있다. 지금은 스물여덟의 청년이 되었지만 내겐 영원히 십 대로 남아 있는 친구. 나는 그에게 이상한 책을 자주 선물했다. 장정일의『햄버거에 대한 명상』이나 앨리엇 타이버의『테이킹 우드스탁』처럼 청소년에게 쉽게 허락되지 않는 책을. 그러면 친구는 금세 책을 읽고는 놀라운 표정으로 다가와 "오오.", "헐.", "ㅋㅋ" 주로 이런 감탄사로 시작되는

장혜령

이야기를 하다 돌아가곤 했다. 요롱이가 담긴 시집도 그에게 건넨 책 가운데 하나였다. 역시나 친구는 책을 무척 소중히 갖고 다니며 읽는 것 같았다.

어느 날, 그가 읽던 책을 펼쳐 보았을 때의 놀라움을 기억한다. 책에는 연필로 그은 밑줄과 메모들이 빼곡히 있었다. 그의 메모는 인터넷에서 댓글을 다는 것과 비슷한 형태였다. 각 행의 밑에 그는 화자에게 묻고 싶은 말을 아주 작은 글씨로 써두었다.

요롱이는 말한다. 나는 정말 요롱이가 되고 싶어요.
→ 너는 왜 요롱이가 되고 싶니? 네가 이미 요롱이인데.

친구는 요롱이를 그림으로 그렸다. 그림 속에는 귀여운 애벌레 모양의 요롱이 두 마리가 있었다. 그의 해석에 따르면 요롱이 세계에는 마치 우리 세계의 어른과 아이처럼 큰 요롱이와 작은 요롱이가 있다. 작은 요롱이가 자라 큰 요롱이가 된다. 그러니, 이미 자신이 요롱이인데도 요롱이가 되고 싶다는 말은 화자가 아직 작은 요롱이라는 뜻. 그의 해석을 듣다 보면 아직 나만의 요롱이를 찾지 못한 작은 요롱이가 보였다.

보이지만 보이지 않는 것, 존재하지만 발견되지 않는 것

*

　그즈음 나는 직장을 다니면서, 밤에는 시를 쓰고 매년 그해 쓴 시를 모아 혼자 책을 만들곤 했다. 썼는데 발표할 곳이 없기도 했고 심심하기도 했던 것 같다. 그러나 쓰기만 한 게 아니라 책으로까지 만든 이유가 무엇이었는지는 정확히 기억나지 않는다.

　물론 출판사를 다녔던 경험이 있어 기본적인 문서 편집을 할 줄 알았다. 간단한 책 만들기는 그리 어려운 일이 아니었다. 물론 정식 제본을 할 수는 없었다. 한글 프로그램에 원고를 편집해 A4 용지에 맞쪽 인쇄를 하면 대략 국판 사이즈의 작은 출력물 더미를 만들 수 있었다. 나는 꾀를 내어 인쇄된 종이 한 장 한 장을 반절로 접고는 접힌 종이의 뒷면을 다른 종이의 뒷면과 풀칠하는 식으로 책을 만들었다.

　연말이 되면 며칠간 야근을 하며 해마다 열 부 정도의 책을 손으로 제본해 친구들에게 주었다. 나중엔 이 이상한 책에 대한 소문이 났고, 점점 책을 찾는 사람들이 많아져 삼사십 부 정도를 아예 팔기도 했다. 처음엔 물풀로 풀칠을 했다. 그런데 물풀을 쓰면 풀칠한 면이 울거나 부풀어 올라 책이 울퉁불퉁하고 두꺼워졌다. 그래서 이후엔 딱풀로

장혜령

풀칠을 했다. 딱풀을 쓰면 종이가 깔끔하게 붙긴 했는데 접착력이 문제였다. 이따금 풀이 잘 먹지 않으면 책장이 낱낱이 흩어졌던 것이다. 한 독자는 'Fragile'한 점 때문에 이 책을 좋아한다고 했다.

"그거 알고 있어요? 책을 펼치는데 책이 자꾸 부서져요. 그래서 더 펼칠 수가 없어요. 다른 사람한테 빌려줄 수도 없고요. 그런데 저는 그게 너무 좋아요. 그런 형식이 이 시들과 더할 나위 없이 잘 어울리거든요."

나는 누군가의 손안에서 산산이 부서지고 있는 내 시들을 떠올렸다. 책을 다시 만들어주겠다고 했지만 상대는 한사코 그 제안을 거절했다. 쓴 사람의 손을 떠난 이상, 책은 이미 읽은 사람의 것이었으므로.

이런 책을 만드는 일이 자신에게 어떤 의미이며, 받은 사람에게 어떻게 다가갈지를 크게 염려치 않았기에 오랜 시간 지속할 수 있었던 것 같다. 일이 이렇게 되는 동안 당연히 회사 사람들이나 공식적인 자리에서 나를 아는 사람들은 이 비밀을 몰랐다. 요롱이를 빌려갔던 친구는 비밀을 알았고, 또 지켜주었지만.

보이지만 보이지 않는 것, 존재하지만 발견되지 않는 것

*

어느 날, 그 친구는 내게 편지를 써서 건네주었다. 편지는 스프링 제본으로 된 무제 연습장을 찢은 페이지에 쓰여 있었다. 친구는 그전까지 편지라는 걸 쓴 적이 없다고 했다.

"편지를 받고, 위로를 받고, '혼자가 아니다'라는 생각이 들어서 이렇게 답장을 써요."

— 2010년 12월 17일과 18일 사이에

몇 년 후 나는 회사를 떠났고, 그때 친구는 내게 다시 편지를 주었다.

"이제 정말 준의 예술을 세상에 보여줘야 할 때가 오지 않았나요. ㅎㅎ

하루빨리 준의 앨범과 책을 사고 듣고 보는 날이 왔음 좋겠어요. 준은 세상에 나올 자격(?)을 가진 예술가니까요. ㅋㅋ 준, 생각해보면 전 그동안 알게 모르게 준에게 위로를 많이 받아왔어요. 정말 힘들어서 잠수를 탈까 하는 와중에 덕분에 다시 용기를 얻은 적도 있고요. 그 따뜻한 마음에 위로받는 사람이 저 말고도 많을 거예요."

— 2013. 5. 8.

장혜령

정작 내게 그런 위로의 말을 건넸던 친구는 급속히 상태가 나빠지고 있었다. 그는 처음 나를 만날 무렵, 아니 훨씬 더 이전에 속해 있던 우울의 세계로 침잠해가고 있었던 것이다. 다른 친구들이 대학을 가고 군대를 가거나 밴드를 하고 연애하는 동안 친구는 아무도 만나고 싶지 않다며 자신의 문을 걸어 잠갔다.

한번은 직장 동료와 그의 집을 찾아갔다. 그는 전화도 받지 않고 메시지도 읽지 않았다. 어쩌면 읽었다 해도 답하지 않았다. 밖에서 한참 이름을 부르며 문을 두드렸다. 대문 안쪽은 아무도 없는 듯 고요했다. 집 앞을 서성이다가 차 안에서 연락을 기다리기로 했다. 한두 시간 뒤, 그의 어머니와 연락이 닿았다. 어머니는 아들이 집 안에 있다고 했다. 막상 만날 수 있다는 생각이 들자 두려웠다.

그날 마루에서 어머니와 나의 동료 그리고 나 셋이서, 닫힌 문 안쪽에 앉아 있는 그의 존재를 느끼며 대화 나누던 순간을 기억한다. 이제 군대에 가야 할 때가 왔는데, 신병 검사를 받는 일이 폭력적이라는 소식에 걱정이 많다던 어머니의 말. 공익을 가더라도 훈련소는 거쳐야 할 텐데, 해낼 수 있을까, 그런데 본인이 할 수 있다고 해요. 그런 이야기들.

그날 결국 친구는 방문을 열었다. 그는 연락이 끊기기 전보다 창백해진 모습이었다. 나는 그동안 뭘 했느냐고 묻다가, 우연히 책이 그

보이지만 보이지 않는 것, 존재하지만 발견되지 않는 것

리 많지 않은 그의 책꽂이를 보게 되었다. 거기 이제니 씨와 나의 작은 시집이 함께 놓여 있었다. 오래전 어느 날과 마찬가지로 페이지들마다 빼곡한 밑줄과 질문, 물음표들. 내 책 속에도 제니 씨의 책 속에 있던 것과 같은 밑줄과 질문과 물음표들이 있었다. 독자의 질문은 공평했고 나는 먹먹한 마음으로 그 일을 오래 생각했다.

몇 달 뒤 그의 소식을 들었다. 그가 공익 판정을 받았고 훈련소의 시간을 통과해 냈으며, 시내에 있는 한 기관에서 복무하게 되었다고 했다.

그다음 만남은 반년 뒤였다. 친구가 공익 일과를 마친 평일 저녁, 우리는 함께 저녁을 먹고 소비에트 시절 만들어진 영화를 보았다. 역시나 그는 처음 보는 고전영화를 자신만의 방식으로 수용하고 있었다. 시내를 걸으며 이야기를 나눴다. 그는 잘 지내는 것처럼 보였다. 그러나 이후, 그가 한 달 가까이 근무지를 무단결근하고 있다는 소식이 들려왔다.

그리고 시간이 지나 친구는 세상으로 돌아왔다. 아니, 그는 어딘가로 떠난 적 없이 언제나 그 자리에 있었는데 나는 왜 그가 떠났다고 느꼈던 걸까.

왜 그때의 시간을 그의 부재라 느꼈던 걸까.

장혜령

사회학자 기시 마사히코는 『단편적인 것의 사회학』이란 책의 서두에 화가 헨리 다거 이야기를 썼다. 마사히코에 의하면, 오늘날 헨리 다거의 작품들이 세상에 널리 알려진 이유는 그가 살아 있는 동안 거의 '누구의 눈에도 띄지 않았기' 때문이다.

"이 세계에는 필시 무수한 헨리 다거가 있다. 그리고 헨리 다거와는 달리 발견되지 못하고 잃어버린, 헨리 다거 못지않게 감정을 뒤흔드는 작품이 무수하게 있을 것이다. 또 한 사람의 헨리 다거가 지금 내가 사는 이 동네에 있을지도 모른다. 당신의 곁에 있을지도 모른다. 아니, 이미 잃어버렸을지도 모른다. 헨리 다거의 존재를 둘러싸고 가장 가슴이 울컥했던 점은 헨리 다거라는 사람 자체라기보다는, 또 다른 헨리 다거가 늘 어딘가에 있을지도 모른다는 사실이었다."

— 기시 마사히코, 「누구에게도 숨겨 놓지 않았지만 누구의 눈에도 보이지 않는 것」(『단편적인 것의 사회학』)에서

기시 마사히코는 발견되지 않았다는 것을 낭만적인 서사의 본질로 본다. 그런데 그는 낭만적 서사 — 노스탤지어적인 것을 철저히 추구하다 보면, 가장 노스탤지어적이지 않은 것에 다다른다고 말한다. 그에 의하면 잃어버린 뒤에 발견되어 가치를 갖는 것이 낭만이라면 가장 낭만

적인 것은 잃어버렸음에도 발견되지 않는 것, 반대로 언제나 여기 있음에도 발견되지 않는 것이다.

예컨대 한 부부가 여행을 떠난다. 그들은 집에 도둑이 드는 일을 염려해 집을 비우기 전 자신들의 평소 대화를 녹음한 테이프를 틀어두고 간다. 부부는 교통사고로 세상을 떠나고 얼마 후 경찰은 실종된 부부의 집에서 생전의 목소리가 재생되고 있음을 발견한다. 여기까지가 노스탤지어다. 그들의 죽음으로 인해, 녹음된 테이프와 이를 둘러싼 이야기가 '일상적인 것'에서 '돌이킬 수 없는 것'으로 변모하는 순간이다.

그런데 만약 두 사람이 살아 돌아와 그 테이프를 서랍 속에 넣어둔다면. 매일의 일상을 살면서 테이프의 존재를 완전히 잊어버리곤 다시는 재생하지 않는다면.

내게 글을 쓰게끔 하는 힘은 노스탤지어적인 감정에서 비롯했다. 그이가 떠나갔기에, 붙잡을 수 없었기에, 돌아서 혼자 걸어갈 수밖에 없었기에, 나눌 수 없던 이야기가 남아 있었기에… 돌이킬 수 없는 생의 무수한 이별들은, 돌이킬 수 없기에 나로 하여금 사건이 일어나지 않았을 경우의 수를 가정하게 했다. 나를 쓰게 했다.

그런데 나의 친구는 내게 노스탤지어를 넘어선 하나의 돌연한 질문이었다. 나는 친구를 나의 노스탤지어 속에 묶어둔 채 없는 사람 삼을 수 없었기 때문이다. 그는 사라지지도 떠나가지도 않은 채 묵묵히 거기 있었다. 쓰고는 있으나 어디에도 발표하지 못하는 유령작가였던 나의 존재는 어딘지 그와 닮아 있었다.

그는 세상에 존재하되 영원히 발견되지 않는 것, 누구에게도 숨기지 않았으나 누구의 눈에도 띄지 않는 것이 있음을 내게 일깨웠다.

우리는 무언가의 부재를 알고 나서야 비로소 그것의 가치를 깨닫는다. 그런 점에서 글쓰기는 부재를 복원하려는 하나의 시도일지도 모른다. 그런데 한 번도 부재하지 않았기에 도래하지도 않을 무엇이 있다면 그건 어떻게 알아볼 수 있으며, 어떻게 표현할 수 있을까.

*

나는 오래전 친구와 또 다른 친구들이 그림으로 그려낸 요롱이를 이제니 씨에게 전송한 적이 있었다. 그녀는 섬에 살고 있었다. 서울로부터 멀리 떨어진 그곳에서, 제니 씨는 저 멀리 들려오는 파도 같은 목소리로 언젠가 자신이 썼지만 기억에서 흐릿해진 요롱이란 존재에 대해 들려주었다. 그녀의 요롱이와 내 친구들의 요롱이는 모두 다른 요롱이인 듯했다.

그녀의 답장 속에서 내가 보낸 요롱이 그림들이 놓인 그녀의 책상

보이지만 보이지 않는 것, 존재하지만 발견되지 않는 것

이 보였다. 조금 희미해진 그녀의 요롱이는 책상 서랍 속에 있었다. 그녀가 서랍 속에 요롱이를 넣어둔 건 언제부터였을까. 서랍 속 요롱이를 조금씩 잊게 된 건 언제부터였을까. 나는 나의 상상 속에서 요롱이가 있는 그녀의 서랍 앞에 한동안 머물러 있었다.

어느 날, 나의 친구는 자신의 방을 나오지 않은 채 시를 읽었다.
얼마 후, 나의 친구는 자신의 방을 걸어 나왔고 시는 그 방 어딘가 남았다.

> "누구에게도 숨겨놓지 않았지만, 누구의 눈에도 보이지 않는 서사는 아름답다. 철저하게 세속적이고, 철저하게 고독하며, 철저하게 방대한 훌륭한 서사는 하나하나의 서사가 무의미함으로써 아름다울 수 있는 것이다."
>
> — 위의 책에서

나는 친구의 어느 날과 얼마 후 사이의 시간을 생각한다. 그 방 책장 한구석에 여전히 꽂혀 있을 나의 페이지들을 생각한다. 요롱이를 생각한다. 매일의 일상 속에서 그저 거기 있기에, 누구에게도 — 그 자신에게조차 발견되지 않아서 기억될 수 없는 순간들, 한 사람이 전과 다른 방향으로 발을 내딛었기에 탈각되고 마는 시간들, 그렇기에 한 존재 안에 내재된 복수(複數)의 무수한 가능성들, 그것에 대해 여전히 생각하고 있다.

장혜령

장혜령

팟캐스트 '네시이십분 라디오'를 만들어 세상 어딘가에 분명히 존재하지만 눈에 띄지 않는, 그러나 가치 있는 책과 작가를 소개해왔다. 2017년《문학동네》시 부문 신인상을 받았고 사랑, 기억, 이미지를 테마로 10년간 써온 글을 묶은 산문집 『사랑의 잔상들』, 이름 없는 민주화운동가였던 아버지와 가족의 삶에 대해 쓴 소설 『진주』를 펴냈다.

보이지만 보이지 않는 것, 존재하지만 발견되지 않는 것

돌림 사랑과 절망 노래

●

양안다 시

양안다

1992년 충남 천안에서 태어났다. 2014년 《현대문학》으로 등단했으며 시집으로 『작은 미래의 책』, 『백야의 소문으로 영원히』, 『세계의 끝에서 우리는』, 동인 시집 『한 줄도 너를 잊지 못했다』가 있다. 창작 동인 '뿔'로 활동 중이다.

우리는 그만 부르고 싶은 돌림노래였다. 우리는 혀 짧은 소리로 마음을 고백했다 우리는 밤의 광장에서 몰래 울었다. 우리는 아무데서나 졸고 누구하고나 사랑에 빠졌지만 그게 가끔은 서로를 아프게 했다. 우리는 의미 없이 펄럭이다 끝내 찢어지는 만국기. 우리는 슬픔이 지루해질 때마다 숲에 불을 질렀고, 도망치는 패잔병이었다가, 서로를 유배지로 여기며 품안으로 숨어들곤 했다. 우리는 오직 서로를 위해 반복되는 악몽이었을까. 우리는 반지하에서 깨어날 때마다 얼굴에 쌓인 먼지를 털어야 했는데. 우리의 취미는 앞니가 부러질 때까지 악인의 얼굴을 두들기는 것. 꽃가지를 꺾어 잎을 떨어뜨릴 때마다 사랑한다, 절망한다, 사랑한다, 점치려 해도 언제나 마지막 꽃잎을 떼어낼 수 없었다. 훔친 차에서 번개탄을 피운 채로 호흡을 참을 것. 우리는 운동장에서 십자가를 그리고 회개하면서. 멍청한 사람들이 퍼뜨린 소문은 가끔 우리보다 더 우리 같았다. 사랑도 절망도 결정하지 않는 만개한 꽃가지를 기르고 싶었지만. 우리는 겁쟁이의 마음을 받아 적으며. 서로의 두 눈을 가려 준 우리는 공포가 사랑인 줄 알고 오랫동안 더듬거렸다.

돌림 사랑과 절망 노래

고백을
하자니
고백이라지만

·

이현호

나는 히키코모리, 그러니까 은둔형 외톨이다. 나는 그런 내가 싫지 않다. 네 개의 벽, 바닥과 천장, 창과 문으로 된 작은 우주. 나의 하루가 시작되고 끝나는 곳. 사전은 '방'을 "사람이 살거나 일을 하기 위하여 벽 따위로 막아 만든 칸"이라고 정의한다. '분만실'은 "병원에서 아이를 낳을 때에 쓰는 방"이고, '병실'은 "병을 치료하기 위하여 환자가 거처하는 방"이다. 우리가 하루의 삼분의 일을 보내는 '사무실'은 "사무를 보는 방"이고, 수시로 드나드는 화장실은 "용변을 보거나 화장을 하는 데 필요한 설비를 갖추어놓은 방"이다. 우리는 방에서 태어나서 방에서 먹고, 자고, 사랑을 하고, 비밀을 만들고, 병을 앓고, 마침내 방에서 죽는다. 방은 인생이 실연(實演)되는 무대다. 그중에서도 오롯이 혼자만의 시간을 보내는 '내 방'은 대체 불가한 영역이다. 내 방은 타인의 시선이나 세속적 가치가 침범하지 못하는 나만의 성역. 나의 법률이 지배하는 곳이다. 무엇보다 마음을 돌보는 일이 이곳에서 이루어진다. 방이 아니라면 우리는 어디에 지친 마음을 내려놓을 수 있을까. 어디에서 마음껏 울 수 있을까. 방은 마음의 성채이자 마음의 들판. 나는 그곳의 왕이자

고백을 하자니 고백이라지만

유일한 백성이다. 나는 방을 사랑해서, 방을 떠나지 않는다. 나는 자발적 히키코모리, 그러니 행복한 은둔형 외톨이다. 방을 갖는다는 것은 온전한 자신만의 세계를 갖는 것. 나는 방을 벗어나지 않는 내 생활이 아주 마음에 든다. 고백을 하자니 고백이라지만, 나는 히키코모리로서 방밖에 없는 사람의 하루 말고는 이야기할 것이 없다.

내 방에는 두 팔 길이쯤 되는 큰 창문이 여러 개 나 있다. 빛받이가 잘되는 방 안은 해가 뜨고 짐에 따라 밝기 차이가 완연하다. 나는 이 창문들을, 창문이 전해주는 빛과 어둠을 좋아한다. 방에 오래 머무를수록 사람은 조명도에 예민해진다. 종일 변하는 것이라고는 방 안의 명암밖에 없어서다. 매일같이 때를 맞춰 창문을 드나드는 빛과 어둠은 몇 안되는 친구. 그들에 의해 시시각각 바뀌는 방의 밝기는 내가 시간 속에 있음을, 살아서 존재함을 알려준다. 은둔형 외톨이와 죄수의 차이는 그에게 마음대로 열고 닫을 수 있는 창이 있느냐 없느냐는 점이다.

아침에 눈을 뜨면, 방 안은 한 잔의 물에 두어 방울 검은 잉크를 탄 듯한 빛깔이다. 불을 켜도 그만 아니어도 그만인 미명. 조금 답답한 느낌이지만, 사물들의 실루엣은 분명하다. 읽을거리가 없다면 굳이 불을 켤 필요가 없다. 잠이 덜 깬 몽롱한 정신에 맞춤한 밝기다. 나는 (가끔) 가볍게 맨손체조를 하고, 고양이 화장실을 청소하고, 고양이 사료와 물을 갈아주고, 간단히 허기를 채우고, 어젯밤부터 미뤄뒀던 설거지 따위의 집안일을 한다. 날이 좋은 날은 빨래도 잊지 않는다. 별로 한 일도 없는 듯싶은데 문득 고개를 들어보면, 어느새 정오의 태양이 창문에

이현호

걸려 있다. 나는 기지개를 켜며 소파에 앉는다. 창문으로 쏟아지는 햇빛이 방 안을 구석구석 밝힌다. 이즈음부터 서너 시까지 방 안은 불을 켜도 티가 나지 않을 만큼 환하다.

이 반나절은 천국에 가까운 시간. 사람들이 저마다의 일로 바쁜 이때 내 방은 제일 한갓지다. 이맘때 고양이들은 세상 편안한 표정으로 창문 앞에 드러누워 볕바라기를 한다. 대부분이 학교로 일터로 떠난 거리는 한산하다. 아침부터 지저귀던 새들도 어디서 날개를 쉬는지 조용하다. 가끔 집 앞을 지나는 자동차 소리가 들릴 뿐이다. 나는 소파에 되는 대로 몸을 눕힌다. 한쪽 팔걸이에 목덜미를 베고 누우면, 다른 쪽 팔걸이 밖으로 무릎 아래가 삐져나오는 작은 소파다. 작지만 잠을 불러오기에는 넉넉한 크기다. 가만히 눈을 감고 있으면, 졸음이 봄바람처럼 살랑거린다. 나는 대개 그대로 낮잠에 들거나 책을 집어 슬렁슬렁 넘겨보거나 그저 멍하니 흐르는 시간을 느끼기도 한다.

엊그제는 낮잠을 자며 이런 꿈을 꾸었다. 나는 종이배에 타고 있었다. 눈앞에는 아름다운 강변이 펼쳐져 있었다. 종이배는 천천히 강물 위를 떠가고, 내 시선이 닿는 데마다 푸른 수풀과 반짝이는 모래밭이 이어졌다. 물굽이 하나를 돌자 물살의 흐름이 달라지며, 배가 천천히 뭍으로 다가갔다. 어느새 물 위로 늘어진 버드나무 가지들이 손에 닿을락 말락 했다. 가까이, 조금만 더 가까이. 나는 배가 뭍에 바투 다가가기를 바랐다. 모래밭에 맨발을 맞대고, 나무그늘 아래를 걷고 싶었다. 어느새 손끝이 버드나무 가지를 스치는가 싶더니 배가 강가를 뒤로하며 도로 강심으로 나아갔다. 다시 물굽이 하나를 돌면 낯선 풍경이 드러나리라는 것을, 나는 직감했다. 그러자 갑자기 종이배가 갸우뚱거렸다. 여울에 든 것처럼 중심을 잃고 뒤흔들렸다. 내 속도 뱃멀미를 앓는 듯 뒤집히고, 선상으로 물이 들이쳤다. 물에 젖은 종이배가 무거워졌다. 배는 서서히 그러나 틀림없이 가라앉고 있었다. 뒤돌아보니 강변은 소실점 속으로 사라지고. 나는 곧 알아차렸다, 이것이 내가 보는 마지막 풍경이라는 것을. 잠시 후 물 밖으로 두 손을 허우적거리며 그것을 움켜쥐려 하리라는 것도. 나는 또 깨달았다, 그 손안에 아무것도 남지 않으리라는 것을. 차가운 물살만이 내 손가락 사이를 영원히 스치며 지나가리라는 것도. 꿈은 이렇게 끝났다. 기분 나쁜 꿈은 아니었다. 다만 죽은 친구를 꿈에서 만난 것 같은, 옛사랑의 얼굴을 다시 본 듯한 어떤 애련함이 마음에 남았다. 그래, 결국 모든 것은 끝나고, 우리는 언젠가 시간의 강물 속에 침몰하겠지. 그렇게 생각하니 왠지 개운한 기분이 들었다.

어제는 책을 읽었다. 어딘가 소용이 닿아서 읽으려던 것은 아니다. 자기의 묘비에 "Don't Try."라는 말을 새겨놓았다는 작가의 인생과 생각이 궁금했다. 찰스 부코스키. 그는 문학에 대한 열정만큼은 남달랐지만, 문학을 뺀 삶은 되는 대로 산 모양이다. 갖은 고생 끝에 작가로서 명성을 쌓고도, 그는 그게 뭐 어쨌다는 것인가라는 태도로 살았다. 제멋대로였던 그는 세간의 질타를 받을 만한 일화를 여럿 남겼다. 그중 한 가지를 소개하자면 이렇다. 어느 라디오 방송에 출연한 부코스키는 자신은 셰익스피어를 좋아하지 않는다고 말했다. 이를 들은 한 독자는 그에게 편지를 보냈다. "당신은 셰익스피어를 좋아하지 않는다고 말해서는 안 됩니다. 많은 사람들이 당신 말만 듣고 셰익스피어를 읽으려고 하지 않을 것이기 때문입니다." 부코스키는 이후 자신의 에세이에 이 일을 언급하며 이렇게 썼다. "야, 엿 먹어. 그리고 난 톨스토이도 좋아하지 않아!" 부코스키의 무례함을 옹호하고 싶지는 않지만, 그래도 그의 저 방약무인함에는 속이 시원한 구석이 있다. 마치 방에 혼자 있는 사람처럼 아무 거리낌 없이 말하고 행동하기. 누구에게나 방은 남에게 방해를 받아서는 안 되는 공간이다. 찰스 부코스키는 자기만의 방에서 살다 갔다. "Don't Try."라는 말은 아마도 그가 자기의 방 앞에 내다 건 문패였을 것이다. 나도 저 말을 내 방문에 써 붙이고 싶다. 노력하지 마라. 하려고 하지 마라. 시도하지 마라. 애쓰지 마라. 하지 마라. 그 방에서 나는 아무것도 잃을 것이 없어서 자유로울 테다.

오늘은 시쳇말로 멍을 때린다. 소파에 몸을 비스듬히 기댄 채 마주 보이는 창밖에 눈길을 두고 가만히 있다. 한참을 그러고 있는데 문득 소파가 비좁게 느껴진다. 어느새 소파는 죽은 나로 붐빈다. 나는 누군가를 그리워하던 나를 이곳에서 죽였다. 무언가 탐내는 마음을 가졌던 숱한 내가 여기서 죽었다. 소파는 온갖 마음의 각축장. 소파에서 마음이 마음을 죽이고 또 죽어간다. 방금 전의 마음과 지금의 마음이 달라서, 나는 순간순간 소파에서 죽고 다시 태어난다. "왜 그러고 살아?" "그러고 사는 게 아니라 살려니 그러는 거지." 나였던 나와 나였었던 나의 담소는 잘 벼린 칼같이 날이 섰다가도 금세 마른 화초처럼 시들해진다. 끝내 권태와 귀찮음만이 남는다. 어제와 다를 바 없는 하루. 소파에 오래 앉아 있으면 삶이 대수롭지 않은 취미처럼 여겨진다. 이깟 삶이 대체 나와 무슨 상관이란 말인가. 보람도 없이, 아니 보람이 없어서 평

고백을 하자니 고백이라지만

온하다. 오늘도 만족스러운 날이라고 읊조리며, 나는 더 깊숙이 소파에 몸을 묻는다. 어느덧 창문 끄트머리에 달려 있던 해가 완전히 시야에서 사라진다. 금세 창밖이 누르끄름한 노을빛에 물든다.

슬슬 마음에 조바심이 번진다. 나를 채찍질할 때가 온 것이다. 나는 미적거리며 일어나 털썩 책상 앞에 앉는다. 밀린 일의 목록을 살피다가, 앗 뜨거워라, 발등에 불이 떨어진다. 어서 집중을 하자고 마음을 다잡아보지만 잘되지 않는다. 스스로를 아무리 잡도리한들 별무소용이다. 무엇엔가 홀린 듯 웹 서핑을 하다가 두세 시간이 훌쩍 지나간다. 그새 방 안팎으로 짙은 어스름이 내려 깔린다. 그제야 제대로 마음에 시동이 걸린다. 나는 한글 프로그램 창을 열고 자판을 두드리기 시작한다. 얼마나 시간이 지났을까. 한숨을 돌릴 때쯤이면, 내가 있는 자리만이 유독 환하다. 모니터 빛 때문이다. 온통 어두운 방 안에 모니터만이 둥둥 떠 있다. 마치 하얀 블랙홀 같다. 그 빛 속으로 내가 쓰고 지우는 것들이 끝없이 빨려 들어간다. 창문으로 들어온 어둠과 인공의 빛이 뒤섞이는 경계에서 나는 눈을 끔뻑거리며, 계속 손가락을 움직인다. 쓰고 지우기를 반복하고 또 반복하다 보면 불쑥, 창문을 벌컥 열고 싶은 순간이 찾아온다. 나는 창문을 열어젖히고 숨을 크게 들이마신다.

지상의 가로등과 하늘의 별이 한 폭의 어둠 속에 빛나고 있다. 어제와 다름없지만, 어제와 똑같지는 않다. 날이 추워질수록 그림자도 밤도 조금씩 길어진다. 가로등은 그만큼 일찍 거리에 빛을 내려놓는다. 어둠과 가로등은 그냥 그럴 뿐이다. 그저 시간이 흐르니까 변하는 것이

이현호

다. 그들에게 왜 그래야 하는지는 무의미하다. 시간 앞에서 모든 질문은 힘을 잃는다. 서서히 얼굴을 내밀기 시작하는 별들도 마찬가지. 궤적사진은 별들의 움직임을 찍은 사진이다. 오랫동안 밤하늘에 카메라를 노출하여 얻은 사진에는 별들의 자취가 새겨진다. 별들은 제게 주어진 길을 묵묵히 맴돈다. 이유는 없다. 시간의 트랙이 앞에 있으니 마냥 따라 걸을 뿐. 아무것도 묻지 않고, 시간에 순종할 따름이다. 무엇이든 어김없이 반복되는 것은 신성하다. 저 별들의 운행이 그렇고, 한 해도 거르지 않는 사시사철의 변화도 그렇다. 태초부터 쉼 없이 이어진 천체의 운행과 매일 출퇴근을 반복하는 사람의 생활이 다르지 않다. 잠시라도 지구가 일정한 궤도로 태양 둘레를 도는 일을 멈춘다면 세상은 끝장날 것이다. 우리 생활도 출퇴근을 성실히 반복하지 않는다면 곧 위태로워진다. 요즘 유행하는 '루틴(Routine)'이라는 말은 성공을 위한 습관 따위가 아니라 우주를 지탱하는 힘이다. 무엇이든 꾸준한 반복이 없는 것은 얼마 가지 못해 무너져 내린다. 나는 이런 생각으로 마음을 환기하며, 창문을 닫고 다시 책상 앞에 앉는다. 방에만 있는 인간은 온전히 스스로의 힘만으로 생활의 쳇바퀴를 굴려야 한다.

작업은 잘될 때도 있고, (대개) 그렇지 않을 때도 있다. 어쨌거나 밤은 오고, 어김없이 새벽이 뒤따른다. 나는 길게 하품을 하며 자리에서 일어나서는 컴퓨터를 끈다. 방은 순식간에 어둠에 잠긴다. 이즈음부터 서너 시까지 방 안은 불을 켜지 않으면 함부로 발을 디딜 수 없을 만큼 어둡다. 그러고 보면 내 방의 주인은 어둠이다. 그는 방에서 가장 많은 자리를 차지하고 있다. 세간살이와 내가 있는 공간을 빼고 남은 전부가 그의 것이다. 그는 무척 살뜰해서 옷장, 책장, 서랍 따위의 빈 곳은 물론 이불 속 같은 작은 틈새도 놓치지 않는다. 내 비어 있는 뱃속에도 그는 살고 있다. 방에 존재하는 모든 것들의 속내까지 그가 깃들지 않은 데는 없다. 그렇지만 나는 벽에 붙은 전등 스위치를 잘 켜지 않는다. 대신 주황빛을 내는 책상 등(燈) 하나만을 밝혀둔다. 자그마한 전구 한 알이 방 안을 은은하게 비춘다. 마치 노을의 한가운데 있는 듯하다. 이 것이 나와 어둠이 한방에서 살아가는 요령이다. 그는 제 방에 세 들어 사는 나를 말없이 품어준다. 나는 그를 위해 되도록 불을 켜지 않는다. 만약 내가 그의 얼굴을 자세히 보려고 불을 켜면, 놀란 그는 별안간 내가 닿을 수 없는 아득히 먼 곳으로 달아나버리고 만다. 빛과 어둠은 나의 친구. 나는 친구를 놀라게 하고 싶지 않다.

이 한밤중은 다시 천국에 가까운 시간. 나는 창문들을 단속하고, 암막 커튼을 친다. 책상 등도 끄고, 더듬더듬 침대를 찾아가 눕는다. 방 안은 눈을 뜨나 감으나 다르지 않을 만치 깜깜하다. 소리도 없다. 마치 관 속에 들어와 있는 듯하다. 사람들도 고양이도 모두 죽은 듯이 잠든 이때 내 마음은 가장 분주하다. 나는 어둠 속으로 온갖 상상이며 추억을 풀어놓는다. 어둠은 까만 스크린이 된다. 내 마음이 보고 싶었던 것들이 어둠의 한가운데 비친다. 마음만 먹는다면 나는 이 별에 발 딛고 사는 모든 인간의 삶을 상상할 수 있을 성싶다. 지구는 내가 평생을 떠돌아도 다 가보지 못할 만큼 넓지만, 먼 우주에서 바라보면 그저 '창백한 푸른 점'에 불과하다. 점 하나를 상상하는 일쯤은 누구라도 할 수 있다. 나는 우주미아가 되어 속절없이 망망한 우주를 떠도는 우주인의 공포를 상상하기도 하고, 내가 잃어버린 것들을 떠올리다가 잃어버린 것들만을 간직하고 있는 마음을 자조하기도 한다. 이제 자야 한다고 생각하면서 멀뚱멀뚱 어둠을 응시한다. 청소차가 지나가고, 새들이 울고, 먼동이 틀 때까지. 상상과 추억은 희끄무레한 빛 속으로 흩어진다. 아직 어둑함이 남아 있는 방 안은 한 잔의 물에 서너 방울 검은 잉크를 탄 듯한 색이다. 나는 눈을 감고 밤을 이어간다. 조금 밝은 느낌이지만, 내가 만나고 싶은 꿈의 윤곽은 또렷하다. 빛에서 어둠으로, 어둠에서 빛으로 방이 나를 태우고 날아간다. 그 속에서 내가 오늘 마지막으로 돌이키는 기억은 내 최초의 방에 관한 것이다.

고시원의 반지하방에 산 적이 있다. 거기서 나는 이름도 생소한, 손바닥만 한 식물을 길렀다. 누군가 반지하방은 공기가 좋지 않다며 선물로 준 것이었다. 가끔 물을 주면서도, 나는 으레 그가 오래 살지 못하리라 여겼다. 침대와 책상만으로도 비좁은 그곳은 햇빛이 들지 않았고, 환기도 잘 되지 않았다. 빛과 공기조차 마음대로 드나들지 못하는 곳에서 나는 많은 시간을 잠으로 보냈다.

어느 날 물을 주다가 그가 손가락 한 마디쯤 자랐다는 것을 깨달았다. 형광등 불빛과 탁한 공기로 제 몸을 키운 식물이 대견하기보다는 기묘했다. 반지하방 생활이 이어질수록 내 건강은 나빠지고 있었기에 그에게 벌어진 일을 이해할 수 없었다. 하루가 다르게 더 짙어지는 녹색을 보며 나는 무섭기까지 했다. 내가 죽은 듯이 자는 동안 그는 어두운 반지하방을 서서히, 아주 서서히 녹색으로 잠식하고 있었다.

고백을 하자니 고백이라지만

나는 반년을 채우지 못하고, 돈을 보태 이층으로 옮겨 갔다. 같은 건물이었지만 큰 창문이 하나 있는 것만으로 전혀 다른 세상에 온 듯했다. 낮에도 밤처럼 어둡고, 밤은 밤대로 어두운 삶이 있다는 것을 이때 알았다. 아침 햇살에 눈을 뜨고, 창을 열어 맑은 공기를 마시는 일이 얼마나 소중한지를 이때 배웠다. 볕이 잘 드는 창가에 자리를 잡은 식물은 이제 더욱 쑥쑥 자랄 것이었지만, 더는 무섭지 않았다.

식물은 이층 창가에서 한 달을 버티지 못했다. 점점 잎사귀 끝이 마르고 색이 바래더니 시들어 죽고 말았다. 나는 또 그에게 일어난 이 기묘한 일을 헤아릴 수 없었다. 형광등 빛만으로 살아온 질긴 생명에게 갑자기 쏟아진 햇볕은 독이었을까. 지금도 이따금 그 식물 생각이 난다. 오래 외출하지 않고 있다 보면, 내가 꼭 한자리에 붙박여 한 뼘 볕과 한 줌 물만으로 사는 식물같이 느껴진다.

곰곰 생각해 보니 그의 이름이 제라늄이었던 듯싶은데 확실하지 않다. 방에 틀어박혀 있자니 아무도 나를 부르는 일이 없어서, 나는 종종 내 이름도 까먹고는 한다. 큰 창문이 여러 개 있는 방에서 여전히 나는 여러 날을 꿈으로 지낸다.

"말이 안 된다는 걸 알지만, 나는 지금의 모든 걸 그리워하게 될 미래가 그립다."

— 페르난두 페소아, 『불안의 책』에서

나는 히키코모리, 그러니까 은둔형 외톨이다. 나는 그런 내가 싫

이현호

지 않다. 나는 방을 사랑해서, 방을 떠나지 않는다. 나는 자발적 히키

코모리, 그러니 행복한 은둔형 외톨이다. 나는 방을 벗어나지 않는 내

생활이 아주 마음에 든다.

나는 방 밖에 없는 사람, 방밖에 없는 사람이다.

이현호

시집 『라이터 좀 빌립시다』, 『아름다웠던 사람의 이름은 혼자』가 있다. 대부분의 시간을
방에서 고양이 두 마리와 지낸다. 누가누가 더 오래 누워 있나 내기라도 하는 듯이.

고백을 하자니 고백이라지만

젬병

●

은정

잼병: 형편없는 것을 속되게 이르는 말.

중학교 때였다.

학교에서 내 별명은 팔방미인.

못하는 게 없다고 붙여진 것이었다.

체육도, 수학도, 미술도, 음악도, 국어도…. 그 당시의 나는 어떤 과목도 90점 이상이었다.

오락에도 소질이 있어서 〈쓰리랑 부부〉의 김미화가 되어 일자 긴 눈썹을 붙이고 "음메, 기 살어!"를 외치며 입매를 내리거나, 〈탱자 가라사대〉의 탱자가 되어 배에 빵빵하게 무언가를 집어넣고 보자기를 두른 채, "탱자 가라사대!"를 외치며 공기를 음미하기도 했다.

국어 시간에 "그녀를 만나기 100미터 전~"을 부르며 열심히 달려 박수를 받기도 했고, 『까치 소리 미워요』라는 책을 반 대표로 나와 읽으며 우는 연기를 했는데 진짜 우는 줄 알고 따라 울었던 아이들 덕분에 선생님께 "아나운서를 해보라."라는 칭찬도 받았다.

학교 방송반을 하면서 디제이까지 맡게 되자 점점 인기도 많아져서 방학이면 수십 통의 편지도 받았으니, 내 코가 알게 모르게 하늘을 찌를 법도 하였다.

그렇게 기고만장한 착각의 늪 속에서 행복하게 살고 있던 중 학교 야영을 가게 되었다.

학교 운동장에서 하게 된 야영은 각종 레크리에이션과 캠프파이어까지 계획되어 있어 소녀들의 마음을 한껏 흔들었으니, 나는 친한 친구들과 짜고 은밀히 맥주를 준비하며 기대감에 온 몸을 찌르르거리며 신나게 웃어젖혔는데….

"은정아."

"네?"

복도에서 나를 부른 것은 국어 선생님이셨다.

잠깐 교무실로 오라는 말씀.

"이번에 야영에서 시 낭송을 할까 해. 은정이 네가 했으면 싶은데?"

"아… 네."

"기존 시를 읽는 것보다 네가 직접 시를 썼으면 해."

"제가요?"

"응, 국어 시간에 보니 국어도 잘하고 표현력도 좋고…. 너라면 잘할 수 있을 거야. 자작시로 시 낭송을 하자."

"…."

"기대할게."

"…네!"

은정

항상 그랬듯이 자신 있게 대답은 하고 나왔는데, 사실… 시를 써본 적이 없었다. 아니, 교과서에 나온 시 외에 시집을 사서 읽어본 적도 없었다. 과연 시란 무엇인가? 시에 대해 생각해보거나 관심을 기울여본 적도 없었다.

큰일 났구나… 싶으면서도 마음 한쪽에선 스멀스멀 '근거 없는 자신감'이 올라오기 시작했다.

그래, 까짓 거, 그거 그냥 쓰면 되는 거 아냐?

저번에 백일장에서 장려상도 탄 적 있는데 비슷한 거 아니겠어?

물론, 내가 글쓰기에 실력이 있었던 적은 없지만, 백일장은 마침 그때 할머니 제사라 할머니 생각에 울컥하여 어쩌다 보니 감정이 많이 담긴 거고, 글 잘 쓴다는 생각은 해본 적이 없지만…. 그래도 나를 믿고 맡긴 건데 해보지도 않고 어떻게 못한다고 그래? 아니, 안 써봐서 그렇지, 사실은 엄청 잘 쓰는 거 아냐? 모르는 거잖아…. 아, 그래도 자신 없는데… 아, 그렇지만 못한다고 하기는 자존심 상하는데… 아… 어떡하지… 어떡하지….

무거운 마음으로 집에 온 나는 오빠 언니들의 책장에서 이름도 모르고 정체도 모르는 시집들을 꺼내서 읽어보았다. 음… 이런 글을 왜 쓰는 걸까….

글은 자신의 마음에서 우러나와야 한다는데, 뭘 쓰지, 뭘 쓰지….

점점 심장은 요동치고, 숨은 가빠오고, 생각은 나지 않고….

당장 오늘 저녁이 야영인데, 나에게 주어진 시간은 길어봤자 5시간.

마음은 답답하고 머리에선 쥐가 나고… 창작의 고통이 이런 것인가….

정말 죽을 둥 살 둥 하는 마음으로 겨우 자작시를 완성하였다.

저녁이 되어 에라, 모르겠다라는 심정으로 자작시를 들고 학교로 다시 출발.

저 멀리서 선생님이 나를 기다리고 계셨다.

선생님의 기대에 찬 얼굴이라니….

그래. 내가 시를 써 본 적은 없지만, 그래도 혹시… 혹시 괜찮지 않을까?

어떻게 어물쩍 넘어갈 수준은 되지 않을까?

뒷걸음질치고 싶은 나를 다잡으며 한 걸음 한 걸음 발을 내디뎠다.

"어, 은정아, 왔니?"

"네, 선생님!"

"어디, 어떤 시를 써왔을까? 기대되는데?"

"…. 여기…."

잠시 동안의 침묵.

선생님이 시를 읽는 그 시간이 몇 년처럼 느껴졌다.

발가벗겨지는 기분이었달까.

내 치부를 만천하에 공개하는 느낌이기도 하고.

내가 보기엔 별로였는데, 내 거니까 그래 보였을지도 몰라.

사실은 괜찮을지도.

난 좋은 시가 뭔지 모르니까….

은정

그날 저녁,

교장 선생님의 훈화 말씀이 끝나고 운동장 한가운데엔 멋진 불길이 타올랐다.

학교에서 하는 캠프파이어.

무대 뒤에는 동그란 나무에 불을 붙여서 한결 후끈한 분위기가 연출되었다.

나는 오륜기 같은 그 불붙은 나무를 배경으로 계단을 하나씩 천천히 밟아가며 무대 위로 올라갔다.

모든 아이들이 나를 보고 있었다.

조용해진 분위기. 나에게로 집중된 시선들.

집중을 위한 잠깐의 침묵.

그리고 나는 시를 낭송하기 시작했다.

…. 자작시가 아닌, 선생님이 주신 시로.

너무 부끄러웠다.

못하면 못한다고 할 것이지, 혹시… 하는 마음이 나를 이렇게까지 몰아세웠다.

남들 앞에 보여주지 못할 것을 판단할 줄 아는 능력이 내겐 없었다.

조금이라도 알아야 뭘 판단이라도 하지.

많이 기다렸던 야영이건만

그 나머지 시간은 잘 기억나지 않는다.

일탈도 하고 깔깔깔 웃기도 하고, 친구들이랑 이 텐트 저 텐트 돌아다니며 장난치고 놀기도 했는데…. 머릿속에서는 아까 그 장면이 반복해서 재생되고 있었다.

아, 쪽팔리다.

아, 쪽팔려.

자작시 낭송한다고 선생님이 얘기 다 해놓으셨는데,

순차에도 나와 있던데.

아, 쪽팔리다.

아무도 나를 안 보고 있었지만, 혼자서 나만 보이는 하룻밤을 꾸역꾸역 지나왔다.

글을 쓴다는 것.

글을 잘 쓴다는 것.

그 이후의 나에게는 가당치 않은 것이었다.

나는 편집을 잘 해.

나는 표준어를 잘 알지.

나는 주어 술어를 잘 맞추지.

남이 쓴 글을 매끄럽게 하는 건 웬만큼 하는 것 같았지만, 글을 쓴다고?

너의 주제를 알라.

그래. 그것은 나의 '젬병'이었다.

은정

*

    정현우 시인과 시 낭송 페이스북 라이브를 준비하면서 도마뱀출판사 대표님과 의사소통에 착오가 있었다. 하도 연락이 안 와서 행사를 취소하나 보다 하여 확인해보니, 나만 모르고 있었던 것이다.

    "이거, 어떻게 갚으실 거예요?"

    웃으며 농담 반 진담 반으로 말을 던졌는데, 갑자기 진지해지신 대표님.

    "그래서 말인데요. 원고를 하나 쓰시는 게 어떨까요?"

    "무슨…?"

    그날 이후 통화할 때마다 은근슬쩍, 행사가 끝나고 뒷자리에서도 은근슬쩍.

    어느 순간부터는 기정사실처럼 원고에 대해 말씀하시기 시작했다.

    그런데, 참 이상하지.

    예전에 글쓰기로 그렇게 데인 나인데, 자꾸 은근슬쩍 물어보시니 또 '근거 없는 자신감'이 솟아나기 시작하는 것이다.

    세월이 오래 흘렀는데, 이제 써봐도 되지 않을까? (그런 게 어디 있어.)

    그동안 글쓰기 좀 늘지 않았겠어? (써보면서 말을 해.)

    그래도 명색이 성우인데, 내가 지금까지 읽은 글이 얼마큼이며, 말한 글이 얼마큼이며, 심지어 어떤 대본은 통으로 고쳐본 적도 있었잖아! (이미 있는 대본 살짝 손본 거잖아!)

그래, 이건 이제 글을 써보라는 하늘의 계시인지도?!

그래서 나도 은근슬쩍 미소를 짓다가 은근슬쩍 주제도 물어보고

언젠가는 은근슬쩍 고개도 살짝 끄덕거렸다.

이걸 하는 게 맞아?

솔직히 말하고 고사해야 하는 거 아냐?

아냐. 못하는 거 도전해보고 싶잖아.

정 이상하면 그냥 나중에 우리 국어 선생님이 그러셨듯이 최종본에서

살짝 빼시겠지.

아~ 나도 몰라.

일단,

해버리자!

고민하면서 원고 청탁서를 받고

고민하다가 계약서를 받았으며

고민과 함께 컴퓨터 앞에 앉았다.

세상에 간단한 고백이란 없다.

어떤 고백은 하지 않으면 원하지 않는 방향으로 인생을 이끌기도 한다.

마음의 억눌림이 두고두고 후회를 만들어내기도 한다.

그런 고백은 힘들어도 반드시 해야만 한다.

하지만, 어떤 고백은 하지 않음으로써 새로운 도전을 하게 만들기도

한다.

일말의 가능성을 남겨두기도 한다. 노력하게 만들기도 하지.

나는 그런 미래지향적인 고백을 좋아한다.

지금 나는.

머리를 굴려가며 펜대를 굴려가며 다른 선택을 써내려가고 있다.

이게 독이 될지, 득이 될지는 잘 모르겠지만, 그건 미래가 가르쳐줄 것
이다.

기대가 된다.

씨익.

은정

서울대 약학과를 졸업하고 서울대병원 약사가 되어 정규적인 삶을 살다가 어느 날, 더
하고픈 게 있음을 깨닫고 KBS 성우가 되었다. 2014년 'KBS 성우 연기대상 최우수 연
기상'을 수상했으며, 하루하루 하고픈 일을 찾아 놀멍쉬멍 열심히 산다.

젬병

개인적이고 세세한 34가지
고백

●

이훤 글·사진

1.

사람들은 타인에게 별로 관심이 없다.

우리 누구도 그것을 소리 내어 말하지는 않지만.

2.

나는 그리 냉소적인 사람은 아니다.

©Jinwoo Hwon Lee 이훤

개인적이고 세세한 34가지 고백

©Jinwoo Hwon Lee 이훤

누군가를 떠올리지만 안부는 묻지 않는 시대. 외로움을 느끼는 게 내 잘못만은 아니겠지. 어른이 되고 나서 만나는 대부분의 사람은 반씩만 그 자리에 있는 것 같다. 이야기를 주고받지만 경청하지는 않으며. 본인의 업무와 점심에 먹을 메뉴와 우리들의 안녕에만 관심을 가지며. 반만 있는 이들과 관계하는 일이 나는 버거워졌다. 듣는 사람들, 정말로 듣는 사람들, 보기 위해 애쓰는 사람들과는 친구가 되었다. 그런 이들만 찾게 되었다.

누구에게도 향하지 않는 말하기. 듣지 않는 듣기. 이런 수사가 사람과 사람 사이를 잇는 표현이 되는 것은 조금 슬프다.

그래 타인을 품는 일은 어렵고 내 마음 하나 지키기도 어려우니까, 하고 이해해줄 수도 있겠다. 하지만 어떤 날은 나도 나 하나 지키기 어려운 건 마찬가지여서. 어렵다. 말하기와 듣기가 무엇인지를 생각한다. 그 대상이 어디 놓이는지. 한 공간에 전적으로 머무는 의지가 얼마나 드물고, 말과 표정이라는 형태로 저를 건넬 때 전해 받는 일이 얼마나 질긴 정성을 요구하는지에 대해. 수고스런 일이다. 그래. 수고스럽지. 그래도 어쩐지 좀 서글퍼진다.

같은 공간에 있었지만 함께하지 않았던 사람과의 기억은 이상하게 떠올리려 해도 잘 기억나지 않는다. 느낌만 남아 있다. 마치 없었던 일처럼. 반쪽 자리 순간은 금세 지워지거나 잊기 때문이겠지.

요즘은 누굴 만나는 게 피로하다.

4.

듣고 있어?

무슨 말을 하는지 이해는 한 거야?

그 이야기하던 게 아닌데, 정말로 듣고 있는 거야?

듣고 있었다면 도대체 왜 그런 질문과 반응을 하는 거야?

듣고 있지 않잖아!

네 할 말만 생각하고 있잖아.

모든 이야기에 네 경험을 덧붙이는 건 공감도 경청도 아니라고!

5.

한 번도 그리 말하진 못했다.

실망하고 속으로 좌절하며 그렇게 사람에 대한 불온함만 쌓여서 그것을 미움으로 만들지 않느라 적잖은 고생을 했다. 자리를 떠나기 전까진 왜 불편했는지 알지 못할 때도 많았다.

하고 싶은 말이 제때 떠오르는 사람과 그것을 그 자리에서 서슴없이 말할 수 있는 친구가 부러웠다. 나는 그리 못해서. 귀가할 때가 되어서야 아님 집에 도착해 샤워를 하다 말고, 다하지 못한 말들이 내게 도착하곤 한다. 억울해. 괜히 혼자 그 말들을 구시렁대보기도 한다.

©Jinwoo Hwon Lee 이훤

개인적이고 세세한 34가지 고백

6.

누군가를 만나고 또 빗겨가는 경험은 짓는 일과 닮은 구석이 있다. 언어도 빗나가고. 이미지가 미끄러지기도 하니까. 빗나간 언어임에도 부지런히 무언가 수집했다고 착각하기도 하니까. 또 부지런해지던 시간이 끝났을 때 그것이 어디에도 속하지 않고 수록되지 않을 수 있으니까.

이원

반복적으로 이 같은 경험을 하며, 나의 반경 안에 머무는 대상에 대해 정확해지고 싶어졌다. 사람도. 시도. 사진도. 스스로에게 귀 기울이지 않는 순간 무엇에 반응하는지 모르고 부지런해진다. 듣지 않고. 묻지 않고. 바깥에 있는 질문들을 튕겨내기 위해 글을 썼던 적도 있다. 보이기 위한 사진을 찍었던 적도 있다. 내보였던 모든 언어가 온전한 나는 아니었던 것 같다. 누구에게도 향하지 않는 엉뚱한 말하기가 그리 태어날 수 있다. 너무도 무해하고 용이하게. 누구에게도 향하지 않고 누구도 듣지 않는.

이 문장을 쓰며 이것이 나의 지나친 냉소인지를 생각했는데, 역시나 어떤 날의 우리 모습 같다. 늘 그런 것도 아니지만. 누구도 듣지 않는데 전부 말하고 있는 우스꽝스런 광경을 근래 몇 번 보았다.

개인적이고 세세한 34가지 고백

©Jinwoo Hwon Lee 이훤

개인적이고 세세한 34가지 고백

7.

아끼는 친구 윤주님이 대화 끝에 "우리 맑고 밝게 많이 웃으며 착하게 살자."라고 했는데 그게 정말 좋았다. 그런 근사한 다짐은 드물어져서. 바빠질수록 손에서 놓치게 되어서. 다시 그리 살고 싶어졌다. 한때 나에게 중요했던 일이었는데 왜 더는 새삼스럽지 않은지 생각한다. 오래되어 그렇나. 오래되어 그럴까? 나를 뒤집은 지 꽤 되었다. 그랬기 때문이다. 다행이다. 내 안의 어느 태도를 갱신해주는 사람들이 있어 좋다.

8.

너무 많은 약함과 악함이 내 안에 공존해서 가끔 내가 용서받을 수 없는 존재 같다. 그럼에도 사람으로 살 수 있는 건, 우리보다 더 큰 마음들이 존재하기 때문이다. 그런 순간은 은혜라고 부르고 싶다.

9.

그럼에도 자기모순을 견디지 못하는 밤이 있다.

©Jinwoo Hwon Lee 이훤

개인적이고 세세한 34가지 고백

10.

얼굴을 보고 이야기하는 일은 힘이 세다.

타국에 머무는 사람에게 모국 친구와의 대화는 얼굴 없이 일어난다. 종이나 구름 위로만 치러진다. 그립다. 얼굴과 몸을 마주하며 보게 되는 작고 사소한 해프닝들이. 모호한 보디랭귀지나 옆 테이블에서 들리는 와자지껄한 소리, 갑작스레 쏟아지는 비 같은 것들, 처음 만난 사람과의 어색한 침묵마저도. 꼭 필요했던 순간들 같다. 코비드로 인해 대면하지 못하는 불편을 우리 모두 경험했고 모순적으로 그래서 스크린으로 얼굴 보며 이야기하는 게 불편하지 않은 이야기의 방식이 되었다. 비대면을 수긍하게 되었다. 먼 곳의 나에겐 간절했던 방식이었다. 얼굴을 보는 일이 유난처럼 느껴졌던 사람에게는 그랬다.

요즘엔 애경하는 친구 슬아와 매주 한 번 얼굴 보며 이야길 나눈다. 시카고와 파주, 각자의 방에서. 두 언어를 섞어가며 대화한다. 한글과 영어. 모국어와 타국어로. 각자가 발견하는 더 익숙한 언어와 덜 익숙한 언어의 아름다움에 대해 그리고 또 사는 일에 대해 대화하다 정신 차려보면 세 시간이 훌쩍 지나 있다. 고마운 경험이다. 다른 두 공간에서도 서로의 세계가 포용받고 세세하게 공존하다 보면 마구 충만해질 수 있다. 얼굴을 보는 모두와 경험하는 순간은 아니다. 품이기 때문이겠지. 입장할 수 있는 품들이 있다고 느낄 때마다 고마움을 느낀다. 대화가 쌓일 때마다 잠시 멀리 있다 느끼지 않게 된다. 이런 대화는 몰랐

이훤

지만 절박하기까지 했던 순간처럼 느껴진다.

이렇게라도 좋아하는 사람들과 얼굴 대 얼굴로 마주할 수 있어
안도한다.

11.

당신이 작업자라면, 혹 무언가 만드는 일을 한다면 거짓말을 한
적이 있는지. 전부 거짓은 아니었을 테지만 적당하고 싶어져 당신을 건
너뛴 적 있는지. 그런 순간의 스스로를 경멸하면서도 밀어내고 밀어내
다 어쩔 수 없이 놓치기로 하는 의지는 그럼에도 어딘가 인간적이다.

12.

작업하면서 가장 근래에 느낀 기쁨은 어떤 것이었는지. 언제였는
지 묻고 싶다. 좋아하는 사람을 한자리에 모아 듣고 싶다. 모두가 수렴
하는 결론 같은 건 필요하지 않다. 다만 반짝인다고 느꼈던 순간을 공
유하는 자리가 더 많았으면 좋겠다는 생각이다. 그 대상이 본인이든 타
인이든. 작업에 대해 이야기할 땐 어려운 순간에 대해 이야기하는 게 더
쉬우니까. 나에겐 그게 더 쉬웠으니까. 말하지 않아서 그렇지 무언가 만
들 때 우리 자주 반짝이기도 하잖아.

©Jinwoo Hwon Lee 이훤

개인적이고 세세한 34가지 고백

©Eunbit Lee

이원

개인적이고 세세한 34가지 고백

13.

설명할수록 구차해지는 순간도 있다. 시간을 돌려 그 이야기를 시작한 나를 멈추고 싶어지는 순간이. 끝까지 끄집어내는 것도 좋지만 어떤 날은 혼자 머금는 것도 괜찮다. 이는 언어의 한계성 때문이기도 하고 우리 내면이 복잡하게 엉겨 있기 때문이기도 하다. 마음은 계속 분주하게 이동하는데 우리가 느린 날도 있으니까.

그 구차함이 나 바깥으로부터 발생하는 것이라면 대개 그대로 두는 게 낫다. 일일이 정정할 수 없으니까. 누군가는 반드시 또 곡해할 테니까. 지켜야 할 자릴 고르는 데 더욱 신중해진다. 들을 의지는 없고 꼬집으려는 심술만 가진 사람은 정정하려 할수록 더 들러붙는다. 손에 묻어 떨어지지 않는 포도잼처럼.

사랑하는 사람의 지혜를 빌린다. 내 삶에 그저 천착하기로. 내 속도 그대로. 쥐어온 깃을 놓치지 않고 만들어 온 것들의 살결에 충실하며. 또 다시 돌아보며. 살면 된다. 그저 살면. 모두에게 그 의지가 이해되지 않아도 괜찮다.

이훤

14.

거울이 깨진 사람은 제 표정을 고치기 어렵다.

15.

좋아하는 이들을 떠올려보니 공통된 면이 있다. '곁'이라 부르는 이들 대부분이 스스로의 언어에 정확하려 애쓰는 사람들이다. 꼭 맞는 말을 찾는 일이 스스로에게 중요한 이들. 타인의 유무와 관계없이. 나는 우리 각자가 언어 앞에서 치르기로 하는 수고가 좋다. 그런 정성과 세세함이 좋다. 언어 앞에서 성실해지는 대부분은 말과 마음이 가까웠다. 타자에게도 스스로에게도. 언어로부터 시작되는 것들을 허투루 여기지 않는 사람들이 머물러주어 고맙다.

그 품 안에서 나는 여러 번 포용된다. 작가인 나뿐 아니라 한 개인으로 동시에 이해받는 순간은 불가능했어야 할 것 같다. 그만큼 드무니까. 불가능한 일들은 그러나 여러 번 일어났고 문고리가 일제히 열리는 소릴 덕분에 들었다. 문을 열어주어 고마워. 나의 친구들.

16.

주말은 왜 항상 나 모르게 가속하는가. 가장 무용하고 일상적인 (저녁 내내 농구를 본다거나 규칙도 기억나지 않는 오래된 보드게임을 한다거나 지난 시절의 사진을 전부 꺼내어 다시 정리하는) 일로 주말을 탕진하고 싶다. 그리하고도 아무 아쉬움 없고 싶다.

17.

아무것도 보지 않고, 듣지 않고, 쓰지 않는 시간이 더 필요하다. 반응하지 않고 존재하는 시간이 필요해.

18.

작업의 형태가 무어든 작업 외적으로 그것을 추출하진 말자. 그리하지 않으려 애쓰는 게 좋겠다. 개인의 결핍이나 욕망을 채우기 위한 수단으로 작업을 오용하면 사람도 작업도 작업자도 남지 않는다. 일상 어느 매개든 마찬가지겠지.

©Jinwoo Hwon Lee 이뤈

개인적이고 세세한 34가지 고백

19.

솔직히 말해 시간이 아깝다고 느껴서였다. 어떤 이들로부터 멀리 있기로 한 건. 친절했지만 사람을 수단처럼 여기는 이를 만나기도 했고 본인의 이야기만 하는 사람을 만나기도 했다. 저를 털어놓을 누군가가 필요하지만 정작 나의 이야기는 들을 의지가 없는 이들도 있었다. 친구 슬아의 말을 빌리자면 "대화의 지분을 고루 가져갈 수 있는" 그리고 포개지고자 하는 의지가 나란한 누군가를 분별하기 위해 더 찬찬히 조망해야겠다고 생각하게 된다.

실패할 경우 친절한 덫에 걸린 것처럼 한쪽만 불편해질 수 있다. 많은 경우 두 사람 다 진심이다. 상호적 호의가 존재하는데 왜 한쪽은 불편할까. 의도만 있고 배려는 없거나 의도는 선한데 그것을 전하는 방식이 불편한 선의를 만들기도 한다. 우리가 언어와 마음을 활용하는 방식은 너무 달라서. 다르고 이질적이어서 우리는 친절한 의중을 갖고서도 언제든지 어긋날 수 있다. 이는, 우리가 스스로를 오해하는 모습과 닿아 있기도 하다.

이원

20.

사는 일은 왜 이리 피곤하고 어려울까.

21.

일요일에는 의지하는 친구이자 존중하는 작업자 옥토가 써준 편
지의

"담는 일, 언제고 계속 해주실 거죠?
할아버지가 되실 때까지 그래주셨으면 좋겠어요."

같은 말을 읽고 와르르 무너졌다가 쌓였다. 다정하지만 꼼꼼히
선별된 언어는 이곳에 드물고. 그것을 감각하는 경험은 매번 귀중하다.
타자의 세계 앞에 골똘해지는 일은 생각보다 더 많은 힘과 의지를 전제
로 하는데 기꺼이 그 일을 해주는 친구가 애정하는 작업자이기도 할 때
의 기쁨은 크다.

©Jinwoo Hwon Lee 이훤

개인적이고 세세한 34가지 고백

22.

그런데도 왜 이리 외롭지? 혼자라는 감각은 이겨내는 게 아니라 지나가는 걸지도 모른다. 악천후처럼 가끔 불가피한 마음. 주변에 좋은 사람이 많아도 돋아나는 마음이어서 그냥 끌어안는다. 그날 그리할 수 있는 만큼만.

23.

사랑하는 일도 업이 되고 나면 가장 순수한 형태로 아끼기 어려운 것 같다. 그리하기 위해 싸울 뿐. 조용히. 혼자. 만드는 행위 안팎의 모든 의지들로부터. 그것을 침범하는 나와 타자들로부터.

24.

적당히 듣고 반응하는 선택은 힘을 아껴 잘 생존하려는 본능이지만 그런 모습은 가능하면 경계하고 싶다. 일부만 사는 느낌이라서. 만나는 일 자체가 점점 더 수고스러워져서 온 힘을 다하고 싶은 사람들과 대부분의 시간을 보낸다. 선택하는 지혜를 얻게 된다. 그들에게 나도 그런 사람일까. 그랬으면 좋겠다. 골똘히 생각해보면 나도 누군가에게 적당하려 했던 것 같다. 싫다고 한 자세를 스스로 취하는 게 싫은데 의지가 본능보다 뒤처질 때가 있다. 나도 편파적으로 존재하는 인간이 된 것이다. 실은 오랫동안 편애주의자였을지도 모른다는 생각을 한다.

25.

당신도 그러한가?

26.

　잡지사에서 에디터 겸 포토그래퍼로 일할 때 비정상적으로 짧은 텀을 두고, 너무 많은 부류의 사람을 만날 기회가 있었다. 한 번 만나고 다시 보지 못한 이들도 꽤 있다. 사회에서 만난 꽤 많은 사람들에게 나는 내가 쓴 안경, 옷차림새, 혹은 늘 카메라를 들고 다닌다는 사실, 잠깐 나눈 대화, 그날의 표정 같은 피상적인 단면으로만 기억되는 것 같았다. 그리고 대부분이 내가 생각하는 것보다 나와 훨씬 가깝다고 생각했다. 그런 간극은 누구의 몫일는지. 파편적으로 기억되고 서로 오인하며 사는 거겠지. 누군가는 아직도 오해하고 있겠다. 어느 날 모두를 정정할 수 있는 능력이 생긴다면 그래서 정말 그리한다면, 유의미한 성취가 될까. 쓸모없는 일이겠지. 새로 이해되는 만큼 또 정정해야 할 테니까. 기꺼이 오해되기로 하는 의지는 공통적인 필요처럼 느껴진다. 그럼에도 우리는 표면적으로 누군가를 읽지 않기 위해 애쓰기로 하자. 시간이 부족하고 유독 몸이 짧은 날에도.

©Jinwoo Hwon Lee 이훤

이훤

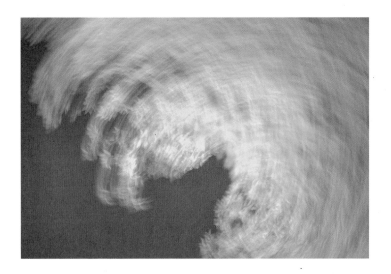

개인적이고 세세한 34가지 고백

27.

나의 들보와 온갖 창피했던 순간—예를 들어 누군가에 대해 성급히 결론지었다가 그 이면을 알게 되며 부끄러워했던 일—등을 일기에 적어두곤 했는데, 그래서인지 지난 일기를 언젠가부터 다시 읽지 않는다. 그런 순간의 내가 치졸하게 느껴져서. 그런 회피야말로 나의 얕음을 반증하는 모습일지도 모른다.

타인을 향해 성급해지는 스스로의 모습을 좋아하지 않는데 아내는 어쩌면 인간의 본성일 거라고 했다. 어떻게 하면 누군가를 곡해하지 않으며 있는 그대로를 포용해줄 수 있을까. 그런 건 신에게만 가능한 범주의 사랑일 수도 있겠다. 그러나 잘 이해하고 싶다. 있는 그대로 포용하며 살고 싶다. 그런 의지는 계속 다시 태어난다. 갱신되는 선의가 조금씩은 우리 안에 아직 있다고 믿고 싶다. 믿고 산다.

나 또한 대가 없이 허락된 그리고 받아온 사랑이 있으므로 계속 애쓰고 싶다. 실패할 걸 알아도. 그에 대한 아주 작은 보답처럼. 작고 작은 그 의지를 계속 수호하며.

갱신되고. 갱신하며.

28.

말은 나보다 늘 빠르고 나는 그런 내가 어렵다.

29.

당신에게 사랑은 어떤 형태로 머무는가? 오늘 건넨 사랑은 어떤 질감을 지니고 있는지.

30.

누군가 타인을 향해 열렬해지는 모습을 보면 동참하고 싶어진다. 나도 그리 살고 싶어진다. 타인에게 성실해지는 모습은 잘 살고 싶다는 마음과 닮은 것 같다. 애틋함에서만 시작되는 광경이 있다. 멈추어 있는 마음이라 하더라도. 이미 소실된 대상이나 사람을 향한 의지라도. 마음의 밀도가 늘 팽팽한 건 아니어서 열렬함은 생각보다 자주 목격되지 않는다. 그런 순간을 더더욱 아끼고 응원하고 싶어졌다. 타자의 일이라해도. 사람으로 인해 사람이 촘촘해지는 건 아무렴 안온한 일이고 갈수록 드물어지는 마음 같다. 그래서 연료가 되는지도 모른다.

31.

미움에도 비슷한 자력이 있다. 누군가를 성실히 미워한 적 있는가. 이유조차 알지 못하면서.

낱낱이 미워할 때 견고한 정신을 잃는 것 같다. 그 주체도 대상도. 병든다. 누군가를 미워하는 스스로의 낯을 보며 고통스러워졌던 경험이 있는지. 미움이 자랄수록 영혼이 함께 움츠러드는, 다른 마음이 자릴 잃고 더는 어디에도 설 곳이 없다고 느낀 적이. 미움은 누구도 돕지 못하는 것 같다. 웬만하면 용서하는 게 낫겠다고 시간이 갈수록 생각하게 된다. 나를 견디기 위해 타인을 사랑하려 할 때도 있다. 그런 건 이기적인 마음일까?

어떤 시절엔, 너무 많이 미워서 이야기도 않고 떠난 적이 있다. 속으로 삼킨 말만 많았다. 피차 괴로울 걸 알아서 전하지 않았다. 그런 게 건강한 대화의 방식은 아닐 텐데…. 나는 서운한 마음을 전하는 데 서툴렀고, 오래된 관계의 중력은 어떤 끝을 미리 결론짓게 한다. 후회되진 않는다. 불행했기 때문이다. 그러나 나의 합리는 많은 경우 작고 편협하다. 감정은 비겁할 수 있다. 그도 이런 생각을 했을까?

몇 번 착오를 겪고 나서 고마울 때 고맙다고 미안할 때 미안하다고 말해두려 한다. 서운한 감정들에 대해서도. 애는 쓰지만 관계의 수명이 한편으로는 결국 어쩔 수 없는 일 같기도 하다. 그 시기 둘의 가치나

세계관, 언어나 애정하는 방식에 따라 유기적인 거리가 생기게 된다. 이
또한 자연스러운 일이겠지.

서로가 불편하지 않은 거리는 아무렴 중요하다.

©Jinwoo Hwon Lee 이훤

개인적이고 세세한 34가지 고백

©Eunbit Lee

이훤

32.

어떤 날은 위로도 편지도 효용을 발휘하지 못한다. 손을 모은 채 잠들었다가 같은 자리서 일어난다. 기도조차 되지 않는 날은 지키고 버티며 지날 뿐이다. 그냥 지난다. 매일 기쁘지 않을 수도 있다는 전제를 연습한다. 그러다 보면 견딜 수도 있다.

보이지 않는 누군가 동참해주는 것처럼 느끼는 날도 있다. 혼자 말하지만 누군가 함께 듣는 날도 있다. 아무것도 도착하지 않아도. 무엇도 읽히지 않아도. 그런 맘이 우릴 있게 해준다고 믿는다.

오래된 친구 윤후가 이야기해준, 보이지 않아도 연결돼 있다는 믿음을 연습한다.

33.

처음 살아보는 삶이라 아직 서툴다. 서투름에 대해 우리가 더 많이 이야기했으면 좋겠다. 타인을 배척하고 스스로를 배제하는 방식 말고. 패배주의적인 사고 말고. 허무로 끝나는 길목에서만 만나지 말고 모두가 조금 더 정직해지면서 안팎으로 세세해지면서. 스스로를 또 타인을 조금 더 신뢰하고 공유하는 방식으로 그리했으면 좋겠다. 방법은 여전히 잘 모르겠지만. 같이 넘어지며 하나씩 체화하고 싶다. 함께, 살아내고 싶다.

친구들. 잘 지내고 있지? 함께 이 지난한 삶을 견디고 살아주어, 나의 자릴 지켜주어 정말 고마워.

개인적이고 세세한 34가지 고백

34.

나는 왜 이런 고백 하나 전하지 못하고 지냈을까.

이런 고백을 책의 형태로 공유해도 괜찮을까.

©Jinwoo Hwon Lee 이훤

이훤

페이지 100-101과 118의 사진들: Eunbit Lee

그 외 사진들: 〈We Meet in the Past Tense 우리는 과거형으로 만나다〉 시리즈(2018-2021), Jinwoo Hwon Lee 이훤

이훤

시인. 사진가. 텍스트와 사진으로 이야기를 전한다. 소외−분리−고립 사이의 감정에 대해 쓰고 찍어왔다. Aviary Gallery와 Life Framer Gallery 등에서 개인전을 가졌으며, 큐레이터 Mary Stanley가 선정한 주목할 젊은 사진가 중 한 명으로 지목되었다. High Museum 사진 큐레이터 Sarah Kennel, 매그넘 사진가 Bruce Gilden, Colorado Photographic Center of Arts의 Samantha Johnson, ACP의 디렉터 Amy Miller 등이 큐레이팅한 다수의 공동전에 참여했다. Infinite Art Museum과 Manifest Gallery 등의 컬렉션에 작품이 소장돼 있다. 시인으로서는, 2014년 「꼬릴 먹는 꼬리」 외 네 편을 발표하며 작품 활동을 시작했다. 시집 『우리 너무 절박해지지 말아요』와 『너는 내가 버리지 못한 유일한 문장이다』, 사진산문집 『당신의 정면과 나의 정면이 반대로 움직일 때』를 쓰고 찍었다. 여섯 권의 책(공저)에 참여했고, 시각 언어와 활자 언어의 몸을 바꾸거나 덧대는 작업 또한 해왔다.

홈페이지: PoetHwon.com 인스타그램&트위터: @PoetHwon

개인적이고 세세한 34가지 고백

한국에 돌아온
해외 입양인의

소소한 고백
세 가지

제인 정 트렌카(정경아)

1. 은행나무 씨앗의 냄새를 좋아한다

내가 어릴 때 살았던 미국 미네소타 주에서도 은행나무를 팔고 있는데, 미네소타 사람들은 가을에 은행나무 씨앗의 냄새를 싫어해 암나무는 전혀 없고 수나무만 팔린다.

그렇지만, 서울의 쌀쌀한 늦가을 길거리 도처에 뿔뿔이 흩어진 은행알들을 볼 때, 나는 사랑하는 사람에게 구슬 목걸이를 만들어 선물해 주고 싶은 홍옥수(紅玉髓)처럼 빛나는, 또는 나무만큼 튼튼한 다리에 금색 부채 모양의 깃털이 달린 놀라운 암컷 새가 낳은 알처럼 생긴 그 은행알은 물론이고, 그 냄새마저 좋아한다.

한국에 돌아온 해외 입양인의 소소한 고백 세 가지

2. 하수 냄새를 좋아한다

나를 입양 보내신 친생엄마를 처음 만난 지 벌써 24년이 흘렀다. 그리고 친생엄마를 마지막으로 만난 지도 벌써 20년이 되었다. 내 평생에 거의 존재하지 못하신 엄마가 완벽히 없어지면 안 되지. 이미 없어졌던 사람이 다시 없어질 수는 없지. 그런데도 엄마가 없어졌네. 그렇게 세상을 빨리 떠나시리라고는 상상도 못했다.

엄마를 처음 만났을 때는 7월말이었다. 엄마가 사셨던 집은 영화 〈기생충〉에 나오는 반지하 집보다 더 가난한 반지하 집이었다. 서울은 더웠고, 습기도 높았고, 악취가 풍겼다. 서울이 싫었다.

나를 태어나게 해주신 엄마, 낯선 엄마. 내가 더 빨리 한국에 돌아왔어야 했는데, 내가 더 빨리 한국말을 배웠어야 했는데….

제인 정 트렌카

서울 표준시간대 GMT+09, 반지하 집에 사시는 엄마가 미국 중부 표준시간대 GMT-06, 미네소타 주 대학 기숙사에서 생활하는 입양된 낯선 딸에게 전화를 해주시면, 아무리 피곤해도 아무리 짜증나도, 새벽이든지 밤이든지 한국 엄마가 전화를 해주실 때마다 나는 전화를 받아야 했지. 그런데 내가 자란 미국 문화에는 정이라는 말이 없다. 내 삶, 내 건강, 내 시간, 내 경계를 지키기 위한 문화다. 나도 그렇게 살아왔다. 정이라는 말이 뭐냐? 그래서 전화가 왔는데도 엄마의 말을 어차피 못 알아들을까 봐, 불편해질까 봐, 전화를 받지 않은 적도 있었다. 내 기분이 좋을 때 전화를 받아도 어차피 새로운 내용은 없고 항상 같은 말씀만 하셨다. "경아야, 사랑해. 경아야, 사랑해." 엄마 말씀의 단어가 무슨 뜻인지는 알아들었지만, 그것이 마음으로 무슨 뜻인지는 지금 일곱 살인 내 딸이 태어날 때까지도 전혀 알지 못했다.

후회는 악취다. 울 때도 코가 탄다. 내가 인정하지 못했던 우리 엄마의 진짜 마음, 내가 엄마를 위해 해주지 못한 것, 내가 엄마에게 말하지 못한 것, 그 모두가 이제 보이지 않는 증기처럼 싹 증발해버리고 있는데도, 여름 하수 냄새를 맡을 때마다 보고 싶은 엄마에 대한 생각이 또다시 돌아온다.

한국에 돌아온 해외 입양인의 소소한 고백 세 가지

3. 당신의 냄새를 좋아한다

김치찌개 냄새, 청국장 냄새, 고등어구이 냄새, 홍어 냄새, 마장시장의 젖은 시멘트 바닥 냄새, 점심 식사를 못 먹은 배고픈 회사원의 회색 입 냄새, 소주를 마시고 지하철에 타는 아저씨의 좌절감의 냄새, 청량리 수산시장에서 개미처럼 격자무늬 천 쇼핑카트를 끌고 가는 아줌마의 냄새, 무거운 마음을 계단으로 들고 올라오시는 택배 아저씨의 땀 냄새, 주민센터에서 귀가 먹은 혼란스러운 할아버지가 입고 있는 누빔조끼 좀약 냄새, 우울증에 빠져도 재시험을 마음먹은 학생들로 가득한 고시원의 복도에 있는 모기향 냄새, 드라이클리닝된 양복을 입고 면접에 다니고 있는 구직자의 긴장의 냄새, 헬조선의 냄새, 이틀 동안 샤워를 못 한 엄마의 젖을 먹은 신생아의 똥 냄새, 나는 항상 네 옆에 있잖아, 울지 마라 말하는 피곤한 엄마의 냄새, 같이 있는, 함께하는, 슬퍼하며, 웃으며, 고민하며, 힘내며, 함께 노력하고 있는 우리나라 사람들의 냄새, 당신의 냄새를 좋아한다.

제인 정 트렌카

그대로

향기로운 냄새가 이렇게 많구나. 아무 욕심 없이, 아무 사심 없이, 단순히 추억이 가득한 서울 속에 살기는 얼마나 시원한가, 얼마나 따뜻한가. 해바라기 줄기처럼 튼튼하고 따끔따끔하다. 여기의 삶의 향내가 얼마나 좋은가.

제인 정 트렌카

한국의 집단문화 생활 속에 답답한 마스크를 착용하면서도 우리의 아름다운 세상의 향기를 기억하는 제인 정 트렌카(정경아)는 1972년 한국에서 출생해 미국으로 입양되었다. 데뷔작 『피의 언어』를 비롯해 『인종 간 입양의 사회학』, 『덧없는 환영들』, 『아이들 파는 나라』 등의 책을 썼다.

한국에 돌아온 해외 입양인의 소소한 고백 세 가지

한국어와 영어의

발음 유사성을 이용한

언어유희에 관한 고찰

김겨울

20대 초반, 그러니까 대충 한 10년 전쯤에는 남자애들이 맨날 노래방에 가면 부르는 노래가 있었다. 노래방에 가서 부르지 않으면 싸이월드 미니홈피 배경음악으로 썼다. 그 노래를 제대로 처음부터 끝까지 들어본 적이 없는 나조차도 대충 따라 부를 수 있을 정도니까 웬만한 비슷한 나이대 남자애들은 다 그 노래에 심취해 있었나 보다. 다이나믹 듀오의 〈고백(Go Back)〉. 사람들이 얼마나 좋아하는지 구글 창에 다이나믹 듀오라고 치면 바로 밑에 '다이나믹 듀오 고백'이 뜬다(이 글을 쓰면서 방금 알게 되었다).

한국어와 영어의 발음 유사성을 이용한 언어유희에 관한 고찰

생각해보면 스물여섯 살이 그리 많은 나이도 아닌데 왜 "억지로 26번째 미역국을 삼키"고 "세월이란 독약을 마"셨다라고 표현했는지는 잘 모르겠지만(솔직히 약간 낯뜨겁지만) 어쨌든 누구나 자기 나이가 가장 많아 보이기 마련이니까, 그리고 실제로도 누구나 자신의 삶에서 가장 많은 나이를 경험 중이니까 가사는 그러려니 해도 되겠다. 이번 주제가 고백이라서 이 노래를 고른 건 아니고—아니 그게 맞긴 한데—진짜로는 이 노래 얘길 하고 싶은 건 아니다. 이 노래에 특별한 악감정이 있는 건 아니고, 굳이 말하자면 무관심에 가까운 감정을 가지고 있지만, 고백하건대 나를 괴롭히는 건 이런 식의 언어유희다.

무슨 언어유희냐면 '고백'과 'Go Back'의 언어유희 같은 것 말이다. 이런 언어유희는 기가 막히게만 쓰면 무릎을 탁 치게 만드는 맛이 있지만 어떤 예시들은 조금 보고 있기 힘들다. 이를테면 '~하고'를 '~하 Go!'라고 쓴다든지, '뻔뻔'을 'Fun Fun'으로 쓴다든지 하는 것들 말이다. 특히 저 'Go' 때문에 지하철 플랫폼의 화면에서 공공기관 광고 영상을 볼 때마다 조금 괴롭다. 아예 안 보면 그만이지만, 또 열차가 어디쯤 와 있는지 알려면 화면을 봐야 하니까. 저런 예시들은 공통적으로 공무원들이 좋아하는 무난한 예시인데, 정말 괴로운 지점은 저게 생각해보면 진짜 언어유희조차 아니라는 점이다.

김겨울

언어유희에 진짜와 가짜를 가르는 기준 같은 건 없을지도 모르겠지만 일단 이 글에서는 있다고 해보자. 이를테면 다이나믹 듀오가 쓴 '고백'과 'Go Back'은 진짜 언어유희라고 할 수 있겠다. (1) 발음이 같다. (2) 양쪽 다 독립적으로 말이 된다. (3) 두 가지 의미가 한 가지 주제를 두고 연관되어 있다(과거로 돌아가고 싶은 마음에 대한 고백). 세 가지 조건을 충족하는 예시들을 '진짜' 언어유희라고 할 때, '~하Go!'는 상당히 다른 양상을 보인다. (1) 발음은 같다. (2) '~하고'에서의 '그리고'라는 의미는 독립적으로 기능이 가능하지만(당연하게도 한국어니까), 'Go!'는 독립적으로 아무런 의미를 가지고 있지 못하다. 'Go'를 선해서 '하자!'라고 해도, 그걸 합치면 '~하하자!'가 되지 않는가? (사실 나를 가장 괴롭히는 것은 이 부분이다.) 게다가 보통은 '~하Go!'를 두 번 혹은 세 번 반복해서 쓰는 경향이 있는데, 그럴 경우 마지막 '그리고'는 더 어색하게 느껴진다. (3) 그러니 이게 자연스럽게 연결되기가 힘들다. 그런 의미에서 이 예시를 가짜 언어유희, 혹은 슈도(pseudo)−언어유희라고 불러보자.*

　　다른 예시도 한번 볼까. '뻔뻔'과 'Fun Fun'을 살펴보자. (1) 발음이… 같나? 같다고 하기엔 조금 애매하지만 우리나라에 알파벳 f에 해당하는 자음이 없으니까 일단 같다고 해보자(어차피 꼼꼼히 따지기 시작하면 '고'와 'go'도 발음이 다르다). (2) 양쪽 다 독립적으로 말이 된다.

---

*군이 '슈도' 같은 말을 쓸 필요는 없지만 제목의 기조에 따라 한번 써봤다.

한국어와 영어의 발음 유사성을 이용한 언어유희에 관한 고찰

(3) 과연 '뻔뻔'과 '재미있는 재미있는' 사이에는 연관된 주제가 있는가? 아마도 '뻔뻔하게 재미를 즐겨라' 정도의 메시지로 쓴 말이겠지만 어쩐지 매끄러운 느낌은 아니다. 재미를 느끼는데 뻔뻔해지라고 말하는 건, 왠지 원래는 재미를 즐기면 안 된다는 말처럼 들린다. 그러니까 기획자가 의도한 바와는 정반대의 효과를 얻게 되는 셈이다. 솔직히 말해서, '뻔뻔'과 '재미있는' 사이에 도대체 무슨 관계가 있단 말인가.

나를 괴롭히는 또 다른 요소는 이런 가짜-언어유희의 예시들이 너무 많이 쓰인다는 점이다. 2020년에 지하철 안내화면에서 '하Go!'를 만날 거라고는 생각지도 못했다. 반대로 말하면 그 정도로 안전한 언어유희라는 뜻이기도 하다. 크게 문제가 될 요소도 없고, 포스터를 만들기도 쉽다(Go!가 강조되도록 세 가지 항목을 줄 맞춰 쓰는 것이 가장 흔한 형식이다). 온갖 변형도 이루어진다. "Oh 樂"('Oh'를 통해 새로운 단어를 만들고 있다), "편(fun)식 없는 편(fun)한 건강 밥상"('뻔뻔'에서 벗어난 새로운 모습을 보여준다), "fun fun한 진로캠프"(이제는 '뻔뻔'의 언어유희조차도 탈락한 모습을 보여준다).

그런데 이런 슬로건이 그만큼의 효용이 있나? 나의 또 다른 의문은 그것이다. "손 씻고, 마스크 쓰고, 집에 있자!"라고 말하면 "손 씻Go, 마스크 쓰Go, 집에 있Go!"라고 하는 것보다 별로일까? 나는 차라리 전자가 사람들에게 잘 전달될 것 같은데. 어르신들 눈에는 그게 낫지 않

김겨울

을까? 모두가 보는 캠페인에 굳이 굳이 'Go'라는 불필요한 단어를 써야 하는 이유가 뭘까? 그냥 그게 덜 밋밋해 보이고 적당히 괜찮아서 그런 걸까. 누구 눈에도 거슬리지 않지만 적당히 라임이 사는 방식이니까. 이런 의사결정이 구체적으로 어떻게 내려지는지는 잘 모른다. 사실 알게 뭔가. 진짜 문제는 이걸 거슬려 하는 나에게 있는지도 모른다. 좀 쓸 수도 있지, 이런 예시에 왜 이렇게까지 괴로워한단 말인가? 아니 이걸 이렇게 구구절절 분석하면서 쓸 일인가?

이게 내 문제인가, 하는 생각으로 주변인들에게 의견을 물어봤다. "이런 가짜-언어유희, 혹은 유사-언어유희에 대해 어떻게 생각해?"

친구1: 적폐야 적폐. 이런 한국어 사용 세종대왕이 울고 가실 거라고. 세종대왕이 한글을 만들 때 이렇게 쓸 거라고 생각했겠어? 그것도 맨날 고락편(go, 樂, fun)이야. 적폐의 3대장이라고. 이거랑 '꿈, 끼, 꾀, 꼴'이런 단어 조합들. 이것은 언젠가 한번쯤 주요한 현대사회의 의제로 다뤄져야 할 문제라고 본다. 근데 이걸 저도 한답니다. 상부에 보고서 낼 때⋯. 진짜 싫지만⋯. (그럼 이걸 높으신 분들이 좋아하는 거야?) 엄청 좋아하지. 어떤 코스모폴리탄적인 감흥을 느끼는 게 아닌가 개인적으로 생각합니다. (우리가 이걸 왜 그렇게 싫어하는 걸까?) 혼자 센스 있다고 생각해서 도취되어 있는 것처럼 보여서 그런 게 아닐까⋯. (하긴, 사기업에서 이렇게 만들진 않으니까.) 그치. 여러분 정말 이래서는 안 됩니다.

친구2: 나는 별 생각이 없어. 딱히 위화감을 느끼진 않아. 그냥 그런가 보다… 하고. 그거에 대해서 크게 부자연스럽다거나 아니면 이건 좀 투머치라든가 하는 생각이 들지는 않아. (고락편에 대해서는 어떻게 생각해?) 워낙 많이 쓰고, 익숙하니까 별 생각이 안 들어. 오히려 그렇게 하는 게 너무 흔해서 별로 와 닿지 않아. 위화감이 없으면서도 크게 다가오지는 않는. (그래서 공무원들이 좋아하는 걸까?) 정확한데? (사기업에서는 어떻게 반응할까?) 한심하다고 생각하겠지. 누구나 생각할 수 있는 건데. 공무원이 한다면 그럴 수 있지, 할 텐데 사기업에서 그런 걸 한다면, 엥? 하고 생각할 수 있을 거 같아. 우리 회사에서 한다고 생각하면… 담당자 이름이 궁금해지겠지.

친구3: 별로야…. 너무 올드하고… 진부하고…. 고인물이지. 너무 고인물이야. 잠깐 내가 일했던 여행사 홈페이지 들어가 볼래? 그런 기획전 많아. 그런 스타일의 오그라드는…. (왜 그런 게 많은 거야?) 그게 진부하다는 건 아는데, 사람들한테 익숙하니까, 그냥 쉽게 기억하라고 쓰는 거지. 그게 좀 오그라드는 감성이잖아. 그래서 한번 곱씹어보긴 하는 거 같아. 오그라드니까. 아, 뭐야, 이걸 이렇게 갖다붙였네, 이런 느낌으로. (아, 오히려 역효과를 노린다?) 그치. 이 말이 센스 있다는 게 아니라, 되게 노력했다. 그런 느낌. (고락편이 3대 적폐라는 데에 동의하십니까?) 저도 동의합니다. (이게 왜 싫을까?) 너무 올드해. 신선하지가 않고.

김겨울

친구4: 아무 생각 없어. 그냥 광고 치고는 신선함이 없어진 단어들이잖아. 그래서 문구처럼 그냥 읽혀. 한글 문구처럼, 그냥 그렇구나, 이렇게 쓰는구나. 어떨 땐 좀 오글거리기도 하지. 이게 언제 적 말인데 이런 걸 아직도 쓰나? 그런 느낌. 좀 더 생각하면 공공기관에서 굳이 영어를 왜 써야 되나 싶기도 하고. (만약에 그걸 쓰라고 하면?) 있는 힘껏 그걸 안 쓰는 방식으로 제안을 해보겠지. 근데 꼭 들어가야 한다고 하면… 직장에 환멸을 느낄 것 같고. (높으신 분들은 이걸 왜 좋아할까?) 이걸 마음에 드는 표현이라고 생각하고 계속 좋아하시는 게 아닐까? 그냥 일상 표현이 되었다고 생각하는 게 아닐까. 촌스럽다는 느낌 없이. 우리가 옛날 유행어를 쓰면 우리는 별 느낌 없지만 10대들은 어색하게 느끼는 것처럼.

그러니까 특별히 분노하는 사람들이 있고, 그냥 별 생각 없는 사람들이 있다. 나이대에 따라, 직업에 따라(저런 문구를 억지로 만들어야 하는 직무에 있는 사람들이 유난히 강한 분노와 거부감을 보였다), 평소에 접하는 언어에 따라 반응이 달라지는 것으로 보인다. 사람들이 다 나처럼 괴로워하기를 기대한 건 아니지만 의외로 아주 담담한 반응도 있어 놀랐다는 사실을 고백한다.

나도 조금 담담해져 봐도 괜찮을 것 같다. 이런 문구에 일일이 괴

한국어와 영어의 발음 유사성을 이용한 언어유희에 관한 고찰

로워해서 인생이 피곤한 게 아닌지 의심스럽기 때문이다. 하지만 가능할까? 마침 친구3이 이 인터뷰에 꽂혀서 '고락펀'이 들어간 각종 광고를 카카오톡 채팅방에 긁어모으고 있다(실로 믿을 수 없을 정도로 많다). 계속 보다 보면 익숙해져서 괜찮아질지도 모르니까 일단 인내심을 가지고 모든 사진을 보기로 했다. 이것에 익숙해지면 인생이 좀 덜 피곤해질까, 언어에 대한 예민함을 잃어버리게 될까. 아니면 둘 다 아니고, 그냥 '슈도-언어유희에 그러려니 하는 사람'이 되고 그걸로 끝인지도 모른다. 그게 바로 '세월이란 독약을 마신 후 세상을 보는 눈이 바뀌는'* 과정인 것인지도.

그렇게 나이를 더 먹고 나면 '고락펀'은 그 세를 잃고 다른 비슷한 무언가로 대체될지, 아니면 대를 이어 그 세를 불려나갈지도 궁금하다. 내가 오래된 아이디어를 좋아하는 사람이 될지, 그렇지 않을지도. 모르지, 나도 누군가가 괴로워하는 아이디어를 환영하는 사람이 될 수도 있다. 누구나 자신은 그렇지 않으리라고 믿지만 그런 믿음이 오히려 눈을 가리곤 하니까. 더욱 다양하고 깊은 탐구는 시간과, 시간이 흘러 다른 사람이 되어 있을 미래의 나에게 맡기며 이상의 고찰을 마무리하고자 한다.

---

*다이나믹 듀오, 〈고백〉에서.

한국어와 영어의 발음 유사성을 이용한 언어유희에 대해 다룬 본 고를 마치며, 발행인의 원고 청탁 이메일에 쓰인 "많은 독자에게 따뜻한 이야기, 감동 있는 이야기가 전달되기를 희망합니다."라는 문구를 애써 무시해본다. 적어도 친구1은 이 글의 주제에 격하게 감동했으니까 이 글은 소기의 목적을 달성했다고 할 수 있겠다.

김겨울

고려대학교 심리학과를 졸업하고 유튜브 채널 '겨울서점'을 운영하고 있다. MBC FM 〈라디오 북클럽 김겨울입니다〉의 DJ를 맡고 있고『독서의 기쁨』,『활자 안에서 유영하기』등 몇 권의 책을 썼다.

나의 외로움이 널 부를 때*

●

기혁 시

기혁

소설로 문학을 배우기 시작해 2010년 늦깎이 시인으로 등단했다. 이후 평론가로도 이름을 올렸으나 지금은 이런저런 사업을 준비하면서 고독과 물에 관한 시를 쓰고 있다. 시집으로 『모스크바예술극장의 기립 박수』, 『소피아 로렌의 시간』이 있다.

당신이 나의 등에 집을 새겨 놓았습니다 아무도 살지 않았지만 인기척이 날 때마다 문을 여닫는 소리가 들려옵니다 담장이 조금 허물어지고 오가는 사람 누구나 집의 내부를 상상하는 것 같습니다 포위된 병사들이 뿔뿔이 흩어져 하늘을 보듯이 처마 끝 허공에는 간절함의 무게가 가득합니다 이따금 우편물이 되돌아오면 낮은 발자국 소리에도 소름이 돋습니다 고백은 빈 편지를 보내고 다시 입구를 뜯어 할 말을 보태는 빈틈인가요 오래된 집일수록 빈틈이 사람을 닮아갑니다 익숙한 외로움은 집안일만큼 티가 나지 않습니다 나도 집주변을 서성이는 불한당처럼 당신의 이름을 불러봅니다 당신, 당신의 뒷모습도 안심이 되진 않을 테지요 노을에 물든 새들이 내부의 추락을 버티면서 날아갑니다 어쩌지 못하고 밤새 강아지 한 마리를 풀어놓습니다 겨울바람이 주인처럼 문을 열고 이불 속 등허리에 와 닿습니다

---

*가수 장필순의 노래 제목을 빌림.

일상 속에서

아름답기를
　　　　　　　　　　●

　　　　　　　　　진윤정

1.

그는 카페에 앉아 모르는 사람들과 아는 사이처럼 한참 이야기를
나누고는 자리에서 일어나 밖으로 나갔다.
거리는 수많은 경적과 발걸음 소리가 가득 메우고 있었다.
번잡함을 피해 빠르게 빠져나와서는 버스에 올랐다.
음악을 들으며 창밖의 차와 사람들을 의미 없이 응시했다.
그들이 가려는 곳은 모두 어디인 걸까,
따위의 실없는 생각을 하면서.

이어폰을 타고 흐르는 음악으로 전해지는 그날의 그의 무심한 모습을
그녀는 인상적으로 기억했다.
자신이 어떤 기분이었는지 절대 알지 못할 것이라고
수줍게 말하는 그녀의 얼굴을 그는 오래 바라보았다.
그는 그녀의 꾸밈없는 맑은 표정이 어쩐지 사랑스럽다고 느껴졌다.

일상 속에서 아름답기를

복잡한 생각들로 어지러웠던 머릿속이 개운해졌다.

그녀가 모르는 것이 있다.

그날의 기억은 그에게도 강렬했다.

버스를 타고 가다 두 사람은 어느 주택가에 함께 내렸다.

길을 걸었고 근처에 보이는 식당에 들어갔다.

그릇을 깨끗이 비웠고 이야기는 넘쳤다.

겨울의 공기가 특별히 차가웠던 것도, 음식 맛이 특히 좋았던 것도

아니었다.

낯설었지만 익숙하고 편안했다.

온종일 사람들에게 부대끼면서 느꼈던 피로감과는 너무나 대조적이

었다.

물 위에 뜬 기름에 대해서는 웃고 떠들지만

물의 깊이나 맛, 색 등에 대해선 좀처럼 이야기하지 않는다고 생각했다.

본질에서 분리된 채 나누는 대화들이 늘 허무했다.

분명 아는 사람인데 상대에 대해 잘 모르는 것 같은 기분이 들 때,

지금까지 무슨 이야기를 나눈 것인지

돌아서면 아무것도 기억나지 않을 때

언제나 허탈감을 느꼈다.

대체로 그는 이런 식으로 생각하는 사람이었다.

진윤정

그런 그에게 어느 날 갑자기 나타난 것만 같은 그녀는

그를 새로운 세계로 인도했다.

첫 만남 이후 두 사람은

자신들의 과거의 사랑과 현재의 생활, 미래의 꿈 등에 대해 솔직하게

이야기했다.

자신 못지않게 상대도 힘들다는 것을 알게 되자

어딘지 모르게 동질감이 생겼다.

그러고는 이내 상대의 마음을 돌보고 싶다는 생각에까지 이르게

되었다.

그렇게 두 사람은 서로의 세계로 건너갔다.

만약 그날 버스를 타지 않았더라면?

아니, 9시 23분 차를 타지 못하고 31분 차를 탔더라면?

아마도 그는 그녀를 만나지 못했을 것이다.

한 사람을 만난다는 것이

이 세계에서 저 세계로 건너가는 일이라는 걸 비로소 감각하게 될 때,

그리고 그 세계를 바꾸는 일이

일순간의 선택에 의해 이루어진다는 걸 인식하게 될 때

적절한 타이밍과 그 타이밍에서의 선택에 대해 놀라움을 갖게 된다.

멈춰 서서, 지나온 시간을 다시 뒤돌아보게 된다.

이런 생각에 다다르자,

그는 지금 이 순간에 충실하기로 했다.

일상 속에서 아름답기를

앞으로 자신들이 함께 선택해나갈 시간에 기대를 걸면서.

2.

난 집 안에 있다

바깥 날씨가 좋다, 포근하다

차가운 눈 위의 햇살

봄의 첫날

혹은 겨울의 마지막

나의 다리는 계단을 뛰어올라

문밖으로 달리고

나의 상반신은 여기서 시를 쓰네

— 론 패짓, 「시」(영화 〈패터슨〉)에서

짐 자무시의 영화 〈패터슨〉에서 '패터슨' 시에 사는 남자 '패터슨'은 매일 같은 시간에 일어나, 같은 음식을 먹고, 같은 옷을 입으며 출근을 한다.

그는 시내버스 운전사다.

취미로는 매일 시를 쓴다.

출근길에 보이는 모든 것들,

이를테면 식탁 위에 놓여 있던 성냥이라든가,

점심을 먹으며 보던 폭포에서

시적 영감을 얻는다.

진윤정

그의 하루는 시로 기록되고 기억된다.

버스의 규칙적 노선과 움직임이 시의 운율이 되고,

운전을 하며 들리는 사람들의 대화가 시의 배경이 된다.

영화는 특별하게 음악을 사용하지 않으면서도 시를 통해 일상의 리듬을 말하고,

일상에서의 소소한 사건, 미묘한 감정 변화를 시에 담아 삶의 이야기성을 보여준다.

우리의 삶이 곧 시라는 것을,

패터슨이라는 한 평범한 개인이 사는 일주일이라는 보통의 시간을 통해 담담하게 전하고 있다.

3.

그와 그녀, 이렇게 두 사람의 이야기로 만든 라디오 프로그램 〈시로 만난 세계〉에 마침내 첫 번째 마침표를 찍었다. 타인과의 만남, 그들과 맺는 표면적인 관계에 대해 피로감을 느끼는 그가, 인연을 믿고 삶을 긍정하는 태도를 지닌 그녀를 만나면서 달라지는 이야기를 담았다. 두 사람의 만남은 인지하지 못하는 짧은 순간에서의 선택으로 이루어졌으며, 대체로 우리 모두의 삶은 그런 타이밍의 연속이라는 것 또한 함께 담고자 했다.

이 이야기는 시를 통해 전했다. 낱낱의 시를 엮어 마치 하나의 이야기

인 것처럼 오디오 드라마로 만드는 시도를 했다. 시에 목소리와 음악, 다양한 소리를 입혀 상황과 감정을 구체적으로 전하고자 했다. 가상의 인물이 겪는 이야기지만, 그것에 귀를 기울이는 순간 듣는 이로 하여금 마치 자신의 이야기인 것처럼 시에 빠져들 수 있으면 좋겠다. 시를 좋아하는 독자뿐 아니라, 시가 낯선 사람들까지도 시의 아름다움을 발견하고 시에 담긴 삶의 이야기를 느낄 수 있다면 좋겠다.

시의 효용은 불안을 잠재우고 마음을 치료하는 일에 있는 것이 아닐까 생각한다. 불면증으로 힘든 날, 감정 기복이 심해 안정제를 찾고 싶은 날에 듣는다는 청취자의 글에서 안도감을 느낀다. 하지만 첫 번째 마침표를 찍으며, 두 번째 이야기를 준비하며 드는 생각은 그것이다. 시의 낯섦, 아름다움 이런 것들은 잠시 두고 〈패터슨〉이 그러했던 것처럼, 일상의 작은 이야기들로 더욱 쉽게 전달했으면 더 좋았을까, 하는 생각. 수많은 관계 속에서 진실함을 고민하는 것, 현실에 부딪히면서도 꿈을 꾸며 앞으로 나아가려는 것이 우리의 모습일 테지만, 이 이야기를 더 작은 단위로 쪼개서 생활의 언어로 전했다면 사람들에게 더욱더 쉽게 다가갈 수 있었을까, 하는 생각.
일상이 낯설고도 아름답기를!

진윤정

진윤정

EBS에서 라디오PD로 일하고 있다. 〈오디오천국—김새벽 황인찬의 시로 만난 세계〉, 〈윤고은의 EBS 북카페〉를 연출하고 있다.

일상 속에서 아름답기를

고백은

타이밍

● 곽시탈

처음 그린 도전만화 (2014년)

공모전 도전만화 (2015년)

데뷔작 「미래에서 온 소년」 (2016년)

차기작
「요조신사
마초숙녀」
(2018년)

고백에는 여러 종류가 있다. 자신의 비밀을 말하는 고백, 미안함을 고하는 고백, 사랑을 전하는 고백. 고백은 늘 용기가 필요하다. 고백을 하기 전의 용기, 고백을 하고 난 뒤 감당할 용기. 그리고 준비가 되었다면 더욱 중요한 것이 한 가지 남는다. 타이밍이다. 고백은 너무 빨라도 너무 느려도 좋지 않다. 적당한 타이밍에 적절한 고백을 하는 것이 중요하다.

나의 첫 번째 고백은 고등학교 때였다. 고등학생 시절 한창 순수했던 그 시절, 좋아하는 여자애가 있었다. 그 친구가 어느 날 단발머리를 하고 왔는데 그 모습이 너무 예뻐 보였고, 그때부터 좋아했던 것 같다. 그 친구에게 1년 동안 표현도 못하고, 좋아하는 마음만 가지고 있다가 고2, 드디어 고백을 결심했다. 하지만 그 친구를 좋아한다는 소문이 이미 퍼질 대로 퍼져 고백을 하고, 거절을 당했다. 물론 소문 때문에 거절당한 것은 아니었지만 그래도 '조금 일찍 고백을 했다면 아니면 조금 더 그 친구에게 나를 어필한 뒤 고백을 했다면 어땠을까.' 그런 생각을 당시에 많이 했던 것 같다. 그렇게 처음으로 좋아하는 마음을 가진

고백은 타이밍

사람에게 처음으로 고백을 해봤던 기억이 마음 한편에 추억으로 남아 있다.

앞서 고백은 타이밍이라고 말했다. 그 이유는 사랑도 사과도 용서도 때를 놓치면 말할 수 없게 될 수 있기 때문이다. 그리고 말을 한다 해도 잘 해결되기 힘들 때도 있기 때문이다. 28살, 20대의 끝자락을 지날 때 즈음, 나는 꿈꾸던 만화가가 되었다. 만화가가 되기 위해 나는 열심히 노력을 했지만 그전에 어머니께 먼저 허락을 구해야 했었다. 집에서는 어릴 때부터 안정적이지 않다는 이유로 만화가가 되는 것을 반대했었고, 나도 현실적인 이유로 꿈을 포기하고 사회복지학과에 진학했었다. 군대에서 전역한 뒤 나름대로 사회복지에도 꿈을 갖기 시작해 열심히 학교를 다니다 우연히 다리를 다치게 되었고, 그것이 내가 다시 만화가를 꿈꾸게 된 계기가 되었다. 입원 중에 할 게 없었던 나는 무료함을 달래기 위해 친구들을 하나둘 그려주기 시작했고, 그 과정에서 역시 나의 즐거움은 그림이라는 생각을 했고, 그중에서도 만화라는 생각을 다시 했다. 그리고 그해 겨울 휴학을 결정하기 전 어머니께 진지하게 만화가가 하고 싶다고 고백했다. 딱 2년만 휴학해서 준비해보고 안 되면 깔끔하게 포기하겠다고, 그 어느 때보다도 간절하고 진지하게 말씀드렸다. 어머니는 걱정하시다가 이내 허락하셨고, 나는 2년 동안 '내 삶이 없어졌다.' 생각될 정도로 만화에만 열중했다. 지금 생각해보면 이때의 나의 고백은 빠르진 않았지만 마지막으로 도전해볼 수 있는 마지막 타이밍이었던 것 같다. 아마 그 시기를 놓쳤다면 취업에 대한 걱정, 미래에 대한 걱정 때문에 쉽사리 도전해볼 생각을 못했을 것 같다.

만화가를 준비하면서 2년, 연재하면서도 매주 돌아오는 마감 때문에 친구들에게 소홀해졌고, 그 와중에 남아 있는 친구들과 돈독하게 지냈다. 자주 보진 못했지만 연락은 근근이 이어갔다. 그러던 중 한 친구 녀석이 아직도 가끔 생각나고, 후회되는 기억으로 자리 잡게 된다. 때는 역시 만화가가 된 28살. 당시는 2016년, 사회에는 다양한 일들이 있던 해였다. 당시 난 친구와 광화문 거리에 나가 시위를 했었다. 작업을 하다가 조금 늦게 되어 친구에게 양해를 구하고, 급하게 도착했는데 친구와 나는 서로 나름의 이유로 예민해져 있었다. 친구는 사람들도 붐비고, 내가 늦은 것 때문에 그랬을 거라 생각한다. 나는 사람들이 많은 거리를 거니는 것을 싫어하는 편이라 그 이유로 예민해져 있었다. 그리고 지금 생각해보면 별 것 아닌 이유로 친구와 다퉜고, 풀지 못한 채 헤어졌다. 그 이후 나는 친구에게 사과를 했어야 했지만, 그까짓 자존심에 다음 날 통화하면서도 신경질적으로 말하게 됐고, 그것이 친구와의 마지막 연락이었다. 지금도 그때의 일을 종종 후회하곤 한다. 정말 좋은 친구였었기 때문에 더욱 그렇다. 다시 만날 일이 있을지는 모르겠지만 그 친구가 어느 곳에 있든지 잘 살았으면 좋겠다.

그리고 타이밍을 놓치면 영원히 하지 못하는 고백이 있다. 지나고 나면 하지 못했던 그 수많은 고백들이 후회로 다가오는 그런 고백들이 있다. 나에겐 두고두고 후회되는, 고백하지 못했던 내 자신이 미워지는 순간이 있다.

이미 SNS에 여러 번 글을 올렸었기 때문에 딱히 지면에 말하지 못할 이야기는 아니다. 그래서 나는 여러분들에게 고하기로 했다. 내 아버지는 2011년 1월, 내가 군대 상병이 되었을 때 돌아가셨다. 아버지는 어릴 적부터 나의 버팀목이었고, 내가 '가장 닮고 싶은 아버지상'이셨다. 그런 아버지가 1차 휴가를 나온 추운 겨울, 연말연시에 세상을 떠나셨다. 어릴 적부터 아버지는 가족에게 엄청 가정적이셨고, 나는 그런 아버지를 정말 많이 사랑했다. 사랑을 넘치게 받고 자랐다. 비록 집안 형편은 좋지 않았지만 그런 것 따위 아버지에게 받은 사랑에 비하면 아무것도 아니었다. 집에 한 번이라도 다녀간 친구들은 아버지를 보고 너무 부럽다고 하곤 했다. "어떻게 저렇게 가정적인 아버지가 있지."라는 말을 하면서. 그럴 정도로 우리 아버지는 정말 좋은 사람이었고, 가장이었고, 남편이었고, 아버지였다. 아버지가 돌아가신 이유는 힘들어서다. 살아가기에 너무 힘들었고, 너무 힘들었기 때문에 그토록 사랑하는 가족들, 친구들, 동료들을 등지셨다. 나는 아버지를 이해한다. 아버지는 뉴스에서 안 좋은 뉴스를 접할 때마다 말씀하시곤 했다. "그래도 살지. 그래도 살아보지." 그러셨기 때문에 더더욱 아버지를 이해할 수 있었다. 그런 사람이 돌아가신 건 그래도 살아볼 수 없을 정도로 힘이 들었다는 거니까. 그날은 아침부터 할머니 댁에 다녀왔다. 거기서 할머니와 막걸리를 한잔하시고는 돌아오는 길에(동네에서 걸어왔다.) 아버지는 "오랜만에 가족끼리 한잔할까?"라고 말씀하셨고, 우리는 동동주와 막걸리를 사들고 집에 와서 꽃게찜을 시켰다. 오랜만에 휴가 나온 큰아들과 한잔하는 아버지, 어머니. 정말 화기애애하고 즐거운 시간이었다. 그 당시 아버지는 금전적으로 힘든 상황이었다고 어머니께 전해 들었지만 모르는 척했다. 내가 아는 척해봤자 아버지는 싫어하실 걸 알았기 때문이었

곽시탈

다. 그리고 그날 밤 술을 드시다 화장실에 가신다고 했던 아버지는 화장실에서 한참을 나오지 않으셨다. 나는 장례식 내내 눈물이 나지 않았다. 실감이 안 난다기보다는 아마 장남으로서 통곡하고 오열하는 어머니와 동생 앞에서 나라도 정신을 잡고, 장례를 무사히 마치고 미래에 대해 생각해야 한다는 생각 때문이었던 것 같다. 물론 이런 생각을 했다기보다는 그저 장남이어서 본능적으로 그렇게 되었던 것 같다. 그리고 발인하던 날 대기하는 동안 혼자 화장실에 들어가 엉엉 울었다. 아버지를 이제 사진 말고는 두 번 다시 볼 수 없다는 사실이, 아직 아버지에게 제대로 된 효도도 못해봤다는 생각이, 사랑한다는 표현도 쑥스러워서 잘 못했다는 생각이, 그리고 그동안 너무 분에 넘치게 받은 사랑에 대해, 그리고 그와 반대로 아버지에게 상처가 되는 말을 했던 어린 날들의 기억이, 여러 감정이 섞인 울음이었다. 나는 이제 허공에 대고, 아버지의 유골함 앞에서만 고백할 수 있다. 고마웠다고, 미안하다고, 사랑한다고. 아버지가 계실 때 하고 싶었던, 했어야 했던 그 수많은 고백들을 아버지가 돌아가시고 허공에다 한다.

아버지가 돌아가시고 나는 가족에게 사랑한다는 말을 아끼지 않았다. 처음엔 어색했지만 한 번, 두 번, 세 번… 하다 보니 익숙해졌고 오히려 내 마음도 더 좋아졌다. 어머니랑 통화하면서, 어디 나갈 때도 늘 사랑한다는 말로 마무리했다. 그리고 나는 한 번 더 후회의 경험을 하게 된다. 이것 역시 SNS에서 여러 차례 이야기했던 적이 있어서 지면을 빌려 여러분께 고한다. 아버지가 돌아가신 지 4년이 되던 해, 2015년 내가 한창 만화가가 되기 위해 열심히 살아가던 그 시절, 사랑하는

고백은 타이밍

동생이 소천했다. 동생과 나는 두 살 터울이다. 여느 집이 그렇듯 혹은 그렇지 않은 집도 있겠지만 두 살 터울인 나와 동생은 허구한 날 싸웠다. 눈만 마주쳐도 싸우고, 이야기를 하다가도 싸우고, 밥을 먹다가도 싸웠다. 분명 어린 시절 서로 애틋했던 시절도 있었지만 학교를 들어가고, 친구들이 소중해지고, 사춘기가 오고 이런 과정들을 지나면서 싸움이 잦아졌던 것 같다. 그렇다고 동생을 싫어하거나 미워하지 않았다. 그저 형제라서 많이 싸웠던 것 같다. 철없는 시절이었으니. 아버지가 돌아가시고 나는 군대에 있어야 했고, 곧 입대를 앞뒀던 동생은 나와 어머니, 친척 분들의 부탁으로 입대를 미뤘다. 내가 전역하는 날 동생은 입대를 했다. 나는 아버지가 안 계신 게 마음에 걸려 신병 훈련이 끝났을 때, 자대배치를 받았을 때 등등 시간이 날 때마다 최대한 면회를 갔다. 그러다가 어느 날 부사관에 지원한다고 하는 동생을 나는 뜯어말렸다. 그럴 수밖에 없었다. 동생은 강하지만 여린 성격이었다. 간부를 안 했으면 좋겠다고 설득했지만 동생의 고집을 꺾을 수는 없었다. 지금 와서 생각해보면 집안 형편 때문에 부사관을 신청했던 건 아닌가 생각을 한다. 동생은 그렇게 부사관에 지원을 했고, 나는 동생의 훈련이 끝날 때쯤 다시 면회를 가서 동생과 둘이 이런저런 얘기도 하며 시간을 보냈다. 나의 걱정과는 다르게 동생은 부사관으로 적응을 잘해냈고, 나는 '내가 괜히 걱정했구나, 이렇게 강한 아이였는데'라는 생각을 했다. 동생이 부사관이 되고 2년째, 2015년 동생은 세상을 떠났다. 아버지와 같은 이유로…. 나는 동생이 떠나고 아버지가 돌아가셨을 때와는 다른 후회를 많이 했다. 철없던 시절 잘해주지 못했던 기억들도 있지만, 동생은 나와

곽시탈

같은 아들이라는 입장이었기에 절대 그러지 않을 거라고 생각했고, 어머니에게만 신경을 썼다. 그 생각이 계속 머리에서 맴돌았고, 힘들었을 이 녀석이 혼자 말도 못하고 끙끙 앓았을 걸 생각하면 지금도 잠이 안 온다. 고민도 들어주고, 사랑해주고, 서로 버팀목이 되어줬어야 될 나는 내 인생만 살았던 것이다. 이제 와서야 후회된다. 동생에게 따뜻한 말 한 번 하지 못했던 지난날들이.

　　고백은 타이밍이다. 너무 빨라도 너무 늦어도 좋지 않다. 하지만 정말 중요한 건 너무 늦으면 안 된다는 것이다. 늦어버려서 고백을 하지 못하는 고백도 있다. 여러분들께 말하고 싶다. 고백은 아끼는 것이 아니라는 것을. 고백은 소중한 것이지만 두고두고 아끼지 말라는 것을. 오늘 하루도 고생하셨을 여러분들에게 한 가지 제안하고 싶다. 오늘이 가기 전에 사랑하는 사람들, 그리고 나 자신에게 "오늘도 고생했다고, 오늘도 잘 살았다고, 사랑한다"고 고백해보는 것을 말이다.

곽시탈

1989년 6월 19일 경기도 하남에서 태어났다. 2016년 경기대학교를 중퇴하고, 투믹스에 〈미래에서 온 소년〉을 발표하며 웹툰작가로 데뷔했다. 2017년 11월 〈미래에서 온 소년〉을 완결하고, 2020년 10월 네이버 시리즈 등 다수 플랫폼에 연재하던 〈요조신사 마초숙녀〉를 완결했다. 현재 차기작을 준비 중이다.

고백은 타이밍

얼리버드

콜드게임　　● 서윤후

천 개의 잎은

천 개의 비명이다

— 김언희, 「잎, 또는」에서

아역배우

한때 나의 취미는, 나의 어린 시절을 함께 풍미했던 아역배우들의 근황을 찾아보는 것이었다. 앳된 얼굴로 화면을 바라보는 나에게 없던 것을 실현해주던 작은 페르소나들. 아마도 나는 그들을 부러워했거나 동경했던 것 같다. 그들의 근황을 찾는 것은 아주 간단하거나 매우 어려운 일이었다. 성인이 되어서도 배우의 길을 걷는 사람은 찾기 쉬웠으나, 내가 보았던 그 작품을 끝으로 더는 TV에 출연하지 않고 소리도 없이 사라진 사람은 찾기 어려웠다.

어린 시절 단숨에 스타가 되었던 영화 〈나 홀로 집에〉의 맥컬리 컬킨의 근황은 종종 인터넷 뉴스 기사로 접할 수 있다. 작품 속에서 영원히 철부지였던 케빈이 마약 중독자가 되었고, 약물 치료를 통해 극복했고, 연극 무대에 뛰어들었다가 어느 한적한 미국 변두리에서 개와 산책하는 사진을 본다는 것. 달콤 쌉싸름한 순간이다. 나는 언제부터 아역배우에게 관심이 많았을까? 그들에게 갖는 마음 또한… 무엇일까? 나는 궁금했다. 내가 그들을 궁금해하는 궁금함을. 아마도 이것은 어디에서도 말해본 적 없는 최초의 고백이기도 하다.

최초의 베이비 박스

문학은 고백의 형식을 취하고 있어서 좋았다. 책을 펼치면, 누군가가 나에게 구구절절 고백을 한다는 것인데, 일단 흥미로웠다. 그것이 직접적이지 않고 작품이라는 세계를 경유하여 전달하는 은은한 방식이 마음에 들었다. 시집이나 소설을 읽고 나면 꼭 말주변이 좋은 친구를 사귀게 되는 것 같았으니까. 비밀을 끝까지 지켜주고, 비로소 나의 고백까지 떠들썩하게 만드는 우정에 천부적인 재능을 지닌 친구들.

어릴 적부터 부모님의 맞벌이로 나는 집에 혼자 있는 시간이 많았다. 보통 사람들의 유년 시절과 크게 다르지 않은 배경 중 하나인데, 나는 그때의 그 시간이 나를 길러왔다고 믿고 있다. 집에는 귀가 얇은 부모님이 어디선가 가져온 세계문학전집이 있었다. 어린 내가 보기엔 글자도 너무 작고 한자도 많은 옛날 책이었기 때문에 당연히 읽지 않았다. 양장본으로 만들어진데다가 먼지를 뒤집어쓰고 꽤 많은 자리를 차지하고 있는 세계문학전집의 존재감 같은 것을 자주 헤아렸다. 저것은 도대체 무엇이기에 비밀스럽게 꽂혀 있는 걸까? 그런데 왜 아무도 읽지 않는 걸까? 저기엔 도대체 어떤 이야기가 적혀 있는 것일까? 어른이 읽는 책. 어른들의 책. 어른들의 이야기는 도무지 내 것 같지가 않아서 그때부터 나는 나의 책을 쓰기 시작했다. 그래 봤자 쓰다만 노트 맨 뒤에서부터 채워가는 형식이었는데, 갑자기 알림장으로 돌변하거나 급하게 숙제를 해놓거나 하는 돌발 상황 속에서도 길을 잃지 않는 엉뚱한 이야기였다.

어릴 적 혼자만의 시간은 어떻게 보내면 좋을지 일찌감치 깨달았다. 시간을 천천히 죽이면서도 내게 즐거운 일을 하는 것이었다. 아마도.그땐 이 외로움이 오랫동안 지속될 것이라는 예감에 휩싸였었는지도 모른다. 울고 보채면 어르고 달래는 사람이 깜짝 등장해 놀아주는 것을 나는 기대하지 않아서, 혼자서 무언가를 읽고 무언가의 결말을 대신 적어보고, 그리고, 지우고, 따라 써보는 시간을 만났다. 그게 지금의 나를 보낸 최초의 베이비 박스. 언제나 손날에는 흑심이 한가득 묻어 있었다. 연필이 닳고 닳도록 무언가를 열심히 쓴 훈련 덕분에 나는 뜻밖에 글씨를 아주 잘 쓰게 되었다.

너무 일찍인가?

스무 살이 되던 해에 써둔 시를 투고했던 잡지사에서 당선 소식을 전해 들었다. 그것이 대충 교내 문학상 정도의 수준인 줄 알고 내색 없이 지내다가 급격히 현실을 깨닫게 된 순간이 있었다. 덜컥, 하고 열어서는 안 될 문을 열어젖힌 느낌이었다. 그 당시 문창과 친구들은 등단에 대해서 잘 몰라서 일단 축하해주고 보았다. 너는 시를 열심히 쓰던 친구니까, 원래 잘 썼으니까, 당연한 결과나 다름없지! 하는 반응이 대다수였다. 그러니까 나는 어느 날 갑자기 시인이 되었고, 직업도 자격증도 아닌 이 애매한 포지션이 어색했다. 빠른년생이라 술집에 들어가면 퇴짜를 맞던 1학년이 지나고 딱 법적으로 성인이 되던 해였다.

유년은 어둡고 부드러운 외로움 속에서 나 자신을 탐구하며 살았다면, 이십 대의 시절은 대부분 불안 속에서 지냈다. 이 불안을 어찌할 수가 없어서 이것저것 해보다가 어느 것 하나 제대로 마무리 짓지 못하는 섣부른 시간이었다. 우연히 만나 알게 된 선배 시인들은 나에게 자주 우려를 표현했다. 일찍 등단한 누군가를 예로 들면서, 그도 마음고생이 참 많았거든… 그러니까 너도 묵묵히 써라, 하는 식의 조언들이었다. 너무 일찍인가? 스스로 잦아든 시간을 단속하면서 나를 보는 불안함을, 내가 느끼는 불안함의 이유를 자주 추궁했다.

일찍 출발한 만큼 모든 것이 늦었다. 첫 시집을 8년 만에 냈으니. 그땐 나만큼 어린 또래 동료들이 없어서 외로웠다. 나이가 많은 선배들에게 일부러 형, 누나라고 부르면서 살가운 막내를 자처하곤 하였지만 또래의 동료가 한둘이라도 있었더라면 더 좋았을 것이라고 생각한다. 정말로 어쩔 수 없는 외로움의 길에 들어선 것만 같았다. 무언가를 일찍 시작해버린다는 게, 그리고 그것을 쉽게 끝낼 수 없다는 게 무서워질 때쯤엔 군대에 갔고, 그 사이에 많은 또래 친구들이 등단을 하기 시작했다. 하지만 친구가 될 수는 없었다. 등단 연도가 오래된 탓인지 나를 어려워하거나 나이가 많을 거라고 생각하는 사람들이 많았다. 그런 이야

서윤후

기를 은연중에 듣고 나면 나는 영영 멀어져버린 어떤 세계를 생각했다. 배웅도 해주지 못하고 떠나보낸 어떤 세계와의 작별에 대해서.

산악자전거랑 요구르트 발효기가 아니면

몇 년 전, 한 고등학교에서 문학협력교사로 일할 때 나는 많은 아이들을 만나게 되었다. 그중에는 유독 조숙하거나 어른스러운 아이들이 있었는데 그들에게 많은 눈길이 갈 수밖에 없었다. 일찍이 어딘가 망가져 수선한 흔적을 가진 단단한 아이들, 어른들이 끄덕일 만한 흡족한 대답을 눈치 빠르게 대답하고, 앞장서는 모범적인 마음 대신 그 뒤로 자신의 속마음을 숨기고 있는 아이들. 너무 일찍 어둠과 외로움을 세어보게 된 아이들. 그런 아이들이 쓴 시나 소설을 읽으면서 나는 오래전 나의 자화상을 받아 적기도 했다. 그것은 재능을 일찍 발견한 것이 아니라, 자신에게 드리우고 있는 보이지 않는 것에 대해 눈을 먼저 뜬 것이라고 생각했다. 눈에 보이는 것을 즐기고 느끼느라 시간 가는 줄 모르던 천진한 시간 속에서 자신도 모르게 까마득히 그을린 것에 손을 갖다 대는 일, 나는 그게 내가 너무 일찍 시작한 이유 중 하나라고 생각했다. 그래서 첫 시집을 준비할 땐 언제나 애어른 같은 나의 어린 얼굴이 쫓아다녔다. 마치 이 세계를 다 이해했다는 듯이, 다 아는 얼굴로 끄덕이며 뒤늦게 찾아온 나의 칭얼거림을 대신 들어주는 형국이었달까.

그래서 어디선가 물어보면 일찍 등단한 것을 후회한다고 말하곤 했다. 그렇게 대답한 것을 다시 후회하면서 추스를 수 없는 거대한 담

요를 덮게 되었구나 하고 자책하는 일이 잦았다. 내가 일찍이 시작하지 않았더라면 지금보다 더 나았을까? 그런 질문은 과녁을 비껴가고, 어쩌면 일찍 시작하지 않았더라면 지금처럼 계속 시를 쓰고 있지 않을 거란 상상이 되었다. 그래도 좋았을 것이다. 운명처럼 직업을 가지게 된 것 같지만, 다 나의 선택으로 점철되어 온 것이니까. 그때 다른 선택을 할 수 있을 만큼 더 밝은 쪽으로 나아갔더라도 좋았을 것이다. 하지만 어두운 것에 흥미가 갔고, 보이지 않는 것이 궁금했다. 집에 아무도 읽진 않지만 장황하게 꽂혀 있던 세계문학전집처럼. 하지만 그것을 보는 것만으로도 어떤 이야기의 존재감을 느끼고, 그것이 나의 이야기를 꺼내게 한 것은 틀림없다. 엄마, 이 책은 어디에서 난 거야? 엄마가 말해준 적 있다. 신문 본다고 하면 준다고 해서 받았던 거 같은데. 산악자전거랑 요구르트 발효기도 있었는데, 누가 이걸 선택했는지 몰라. 다른 걸 선택했으면 더 좋았을 텐데.

룰렛이 멈춘 곳에 내가 서 있었다.

잠깐만 여기서 기다려

햇수로 등단한 지 11년이 되었다. 내가 무엇을 이토록 끈기 있게 한 것은 처음이므로, 숫자가 주는 어떤 위안들을 서슴없이 받고 있다. 아직도 시를 어떻게 써야 할지 잘 모르겠지만. 시는 너무 어렵고, 가끔 나를 주책맞게 만들면서도, 내가 닿을 수 있는 가장 진중한 미간을 선사하기도 한다. 회사와 집을 오고 가는 반복 속에서, 시가 주는 크고 작은 이변은 유일한 기쁨이기도 하다. 다만, 이것을 오래 할 수 있을까에 대한 의문은 지금도 계속되고 있다. 너무 일찍 알아버리게 된 시의 세계를 서둘러 떠날 수도 있겠다는 예감에 사로잡혀 있다. 고백의 형식이라서 좋았던 문학이, 때로는 고백이 난무하는 아수라장이라고 생각이 되기도 하고, 시로 하여금 나의 고백을 덧대는 일이 이 세계에 어떤 의미가 있을까, 어떻게 읽힐까 큰 기대가 되지 않을 때가 대부분이니까. 그러나 11년이 되도록 튼튼한 고삐 하나 땅에 박지 못하고 나를 계속 떠돌게 만드는 문학이 좋다. 내 고백의 한 방울까지도 기다려주는 문학의 낡고 오래된 기다림은 유일하게 변치 않을 나의 끈기로 환원되어가고 있는 듯하다.

여러 외부 강의에서 시를 쓰는 사람을 만나고 있다. 그중에는 자신이 시를 너무 늦게 쓰고, 배워서 걱정이라는 사람들이 많다. 나를 빗대면서 일찍 시작한 사람들에 대해 부러움을 숨기지 않으며 자신의 걱정을 계속 키워간다. 반대로 어린 나이임에도 불구하고 서둘러 등단하고 싶어서 이리저리 투고하고, 자신을 보채는 사람들도 적지 않다. 온전히 준비된 세계 없이, 섣부르게 쓴 언어와 빗맞는 문장들을 투명하게 들키고는 너무 일찍 켠 모닥불이 꺼져가는 것을 보았던 나의 이야기를 그들에게 종종 들려준다. 그 불씨를 지키기 위해서 더 많은 어둠을 가져다 써야만 했던, 그래서 벌써 지치고 늙어버린 나의 어떤 영혼에 대해서 이야기하면 분위기는 급격하게 침착해지고 숙연해진다.

서두르지 않을게요, 늦었다고 생각하지 않을게요.

내가 원하는 그런 대답을 듣고 나면 그것은 내가 언젠가 말했어야만 하는 대답이었다는 생각이 든다. 자기만이 느끼는 속도와 세상의 유속은 종종 어긋나기 마련이며, 그 어긋남에 휘말리지 않고 자신의 속도를 계속 지켜가는 것. 그것이 삶에 있어 큰 의미가 된다는 것. 그것이 문학이 나에게 건넨 최후의 고백이기도 하다.

너에게 줄게 줄 수 없는 것들까지

내가 안전하다고 믿는 뚜껑 속에는 어제와 조금씩 계속 달라지는 것들이 보관되어 있다. 나는 지금 내가 가지고 있는 유효한 시간들 가운데 가장 앞에 놓여 있는 이야기를 처음 꺼낸 것이다. 내가 어디에서 걸어 나왔는지를 분명하게 응시하는 일은 모든 고백의 씨앗이었으므로, 이 이야기를 반복하는 것은 내가 끊임없이 문학을 통해 고백하려고 한다는 뜻이기도 하겠다. 내가 읽었던 거의 대부분의 문학이 고백의 문법으로 세워진 것이었으니, 나는 그 문법으로 나의 어둠을 돌아보는 것이다.

아역배우의 근황 같은 것에서 일찍 시작해버린 섣부른 마음과 다져지지 않은 울퉁불퉁함을 느낀 것인지도 모른다. 그 동질감이, 내가 어깨동무하지 못했던 시절의 우정이 되어주었다는 생각으로. 문학을 통해 나는 나의 사랑이, 우정이, 믿음이 틀렸다는 것을 계속해서 확인하고 있기 때문에, 그리고 그 틀린 신념을 어쩌면 계속해도 될 것 같았기에 읽는 자리에서, 쓰는 자리에서 문학을 통해 들려주는 것이다. 이 고백이 누군가의 고백을 조심스럽게 꺼내게 만드는 벼랑 끝에 내민 손이었으면 하는 바람을 지니는 것. 아직 룰렛이 멈춰본 적 없는 곳의 희망이자 문학이 끝끝내 간직하려고 하는 비밀이라는 것. 그곳에 닿으면 우리는 조금 더 나아질 수 있다. 어제의 고백으로 오늘의 진실은 조금 더 깨끗해진다. 나는 이 투명함을 믿는다. 내가 어린 나를 앞세워 어둠 속에서 훔쳐 온 것 중에 가장 좋은 것이다.

얼리버드, 콜드게임

고백이 가닿을 수 있는 누군가의 진심이 있을 때까지 쓸 수 있겠다는 말. 조숙해진 영혼의 칭얼거림을 이제야 전해 듣는 아직은 생생한 육신. 젊은 날이 시로 범벅되었던 삶도 그다지 나쁘진 않았다고 말해볼 수 있는 돌아봄에는 문학이라는 기쁨과 고통이 있기 때문이었을 것이다. 고백할 것이 바닥나지 않는 이상 우리는 계속 쓰게 될 것이다. 쓰는 동안에는 계속 만나게 될 것이다.

일찍 일어나 재잘거리던 새는 금방 돌아오지 않을 것이다. 더 깊은 어둠을 선점했을 것이기 때문이다. 눈먼 비행을 온몸으로 통과하면서 울창한 이 숲의 풍성함과 열악함을 동시에 부딪칠 것이다. 아픈 쪽의 날갯짓을 더욱 부지런히 퍼덕이며, 이 아득함을 고백의 문법으로 이야기할 것이다. 거기엔 아직 날아오르지 않은 새들의 발목이 많이 묶여 있으니까, 가장 이른 아침에 울 것이다.

서윤후
시집『어느 누구의 모든 동생』,『휴가저택』,『소소소(小小小)』와 산문집『방과 후 지구』,『햇빛세입자』가 있다.

1. 타이틀, 구멍가게 앞 / 오전

검은 화면 위로 귀를 찢을 듯한 말매미 울음소리 들린다.

화면 열리면, 뙤약볕이 내리쬐는 낡은 구멍가게가 보이고…

화면 하단에 "1982년, 서울" 자막 나타났다 사라진다.

스포츠머리에 땀이 송골송골 맺혀 있는 **민석**(6)이 호기심 어린 눈으로 정면을 응시하고 있다.

초롱초롱한 민석의 눈은 구멍가게 유리문에 붙어 있는 포스터에 꽂혀 있다.

열기구 그림과 함께 강조하듯 화려하고 굵은 글씨의 광고 문구들!

신제품 / 과일쨈이 들어 있는 껌 / 두 가지 맛 / 차원이 다른 풍선껌 / 100원 등등…

군침을 삼키며 넋 놓고 있던 민석, 마침 유리문 너머로 아른거리는 풍경을 본다.

풍선껌

새로 나온 풍선껌을 집는 또래 아이, 아빠로 보이는 남자에게 건네면, 아빠가 대신 풍선껌값을 지불한다.

풍선껌을 받아들고 해맑게 웃는 아이를 보다가 어디론가 급하게 뛰어가는 민석.

멀어지는 민석의 뒷모습 위로 매미 소리 이어지며 타이틀…

여섯 살 인생에 처음 맛본 두 가지 맛,

풍선껌

2. 이발소 앞 / 오전

헐레벌떡 이발소 앞으로 뛰어오는 민석.

순간 이발소 안에서 고성이 새어 나온다.

민석모(OFF)　　안 그래도 손님 없어서 죽겠는데 또 문을 닫으면 어

　　　　　　　　떡해?!

민석부(OFF)　　그럼 이 꼴로 어떻게 손님을 받냐?

민석모(OFF)　　어휴 지겨워. 허구한 날 몸살에 눈병에

민석, 문손잡이를 잡는 순간, 안에서 나오는 **민석부(42)**와 마주친다.

민석　　아빠!!

민석을 돌아보는 민석부, 눈병에 걸린 듯 양쪽 눈이 토끼눈처럼 빨갛다.
민석부, 대답 없이 문 앞에 금일휴업 푯말을 건다.

민석　　아빠, 있잖아…

민석부　아빠 늦었어, 빨리 가야 돼!

민석　　어디 가는데?

민석부, 민석을 지나쳐가면 매달리듯 쫓아가는 민석.

3. 안과 / 오전

진료 의자에 누워 치료를 받고 있는 민석부.
고통스러운지 끙끙 앓는 소리가 다문 입 밖으로 새어 나온다.
아파하는 민석부의 곁에 서서 그 모습을 지켜보고 있는 민석, 눈시울이 점점 붉어진다.
민석부의 손을 잡는 민석, 작은 손이 아빠의 새끼손가락을 꼭 감싼다.

풍선껌

CUT TO

카운터에 서 있는 민석부, 한쪽에만 안대를 하고 있다.

옆에는 민석이 자석처럼 붙어 있고…

간호사   생활하는 데 불편하시니까 일단 한쪽만 해드린 거예요.

　　　　　내일 오시면 나머지 한쪽 치료해 드릴게요.

민석부   네! (간호사가 약을 건네면) 얼마죠?

간호사   잠시만요? (장부를 확인하고는) 1,420원이요.

민석부, 주머니에서 천 원짜리와 오백 원짜리 지폐를 꺼내 내민다.

민석부   다행이네. 이거밖에 안 가져왔는데…

거스름돈을 받아 주머니에 집어넣는 민석부.

민석이 똘망똘망한 눈으로 민석부를 올려다본다.

간호사   우리 민석이, 아빠 말도 잘 듣고 착하네.

　　　　　누나가 껌 하나 줄까?

김영석

간호사, 허리를 굽혀 카운터 밑으로 손을 뻗는다.

분홍색 표지의 꽃향기가 물씬 풍기는 일반 껌이다.

멀뚱하게 쳐다만 보는 민석.

민석부　　고맙습니다 하고 받아야지!

하지만 민석, 고개를 절레절레 흔들며 한발 물러선다.

무안한 듯 손을 거두는 간호사.

미안해하는 민석부를 끌고 밖으로 나가는 민석.

문이 닫히며 문에 달린 종이 '딸랑' 하고 울린다.

4. 시장통 / 오전

느릿느릿 걸어가는 팔자걸음의 민석부, 민석의 모습도 묘하게 닮았다.

여전히 민석부의 손을 꼭 잡은 채 따라 걷고 있는 민석.

유혹하듯 양옆으로 즐비한 먹거리들(떡볶이, 순대, 김밥, 팥빙수 등등)

조리하거나 판매하는 상인들의 모습이 유난히 오버스럽고 과장되게

보인다. * 고속촬영

민석, 유혹에 빠지지 않으려는 듯 앞만 보고 걷는다.

5. 골목 초입 - 구멍가게 앞 / 오전

골목 초입으로 나란히 걸어 들어오는 민석부와 민석.

민석의 눈에 구멍가게가 들어온다.

민석　　　아빠!!

민석부, 민석을 내려다보다가 민석의 신발 끈이 풀려 있는 걸 본다.

무릎을 굽혀 민석의 신발 끈을 묶어주는 민석부.

'이게 아닌데' 하는 표정을 짓다가 구멍가게를 뚫어지게 쳐다보는 민석.

민석부, 단단하게 묶였는지 확인하고는 일어선다.

민석부　　　다 됐다, 가자!!

환하게 웃는 민석부, 하지만 충혈된 눈과 안대 때문에 안쓰러워 보인다.

민석부의 손에 끌려 다시 발걸음을 옮기는 민석.

CUT TO

어느새 다다른 가게 앞. 하지만 민석부의 걸음 때문에 휙- 지나쳐버린다.

눈이 포스터에 고정된 채 목을 기린처럼 늘어뜨리는 민석,

안 되겠는지 걸음을 멈추고, 아빠의 손을 잡아끈다.

김영석

민석	아빠, 나 백 원만!
민석부	백 원? 뭐하게?
민석	껌 사게!!
민석부	아깐 안 씹는다며?
민석	풍선껌 새로 나왔는데 안에 쨈이 들어 있대.
민석부	쨈?
민석	응, 과일쨈! 씹으면 입에서 톡 하고 터진대.
민석부	근데 껌값이 뭐 그리 비싸.

주머니를 뒤지는 민석부.

민석, 기대하는 눈으로 민석부를 올려다본다.

민석   일곱 개나 들어 있대.

동전 꺼낸 손을 내미는 민석부.

까치발을 들고 동전을 확인하는 민석, 오십 원짜리 하나가 달랑 올려져 있다.

민석   (실망한 듯) 백 원이라니까!

다시 주머니를 뒤져 손을 내미는 민석부.

손바닥 위, 오십 원짜리 한 개와 십 원짜리 세 개가 전부다.

풍선껌

민석부　　어쩌지? 이거밖에 없는데…

민석, 실망하는 표정을 짓다가 이내 손바닥 위 동전을 낚아챈다.
가게 앞으로 뛰어가는 민석을 충혈된 눈으로 돌아보는 민석부.

민석부　　뛰지 마! 다쳐!

듣는 둥 마는 둥 뛰어가버리는 민석.

6. 구멍가게 / 오전

서둘러 가게 안으로 들어오는 민석.
껌 통에 풍선껌이 하나 남았다. 잽싸게 풍선껌을 꺼내 주인 할아버지
에게 다가간다.
풍선껌을 들어 보이며 할아버지 손에 동전을 내려놓는 민석.

민석　　(떨리는 목소리로) 이십 원은 이따가 아빠가 갖다 주신
　　　　대요.

짧은 순간, 제발… 제발… 간절한 마음으로 할아버지의 대답을 기다
리는 민석.
할아버지, 고개를 끄덕이며 사람 좋게 웃어 보이자,

가슴을 쓸어내리고는 활짝 웃으며 가게를 나오는 민석.

7. 골목 / 오전

급하게 껌 포장지를 벗기는 민석.

개별 포장된 종이도 마저 벗겨내고는 큐브 모양의 껌을 입속에 넣고 과장되게 씹기 시작한다.

순간 입안에서 쨈이 톡! 터지자 눈을 크게 뜨는 민석, 그 달콤함에 입가에 미소가 자동으로 번진다.

작은 손으로 남아 있는 여섯 개의 풍선껌을 만지작거리며 행복한 웃음을 짓는 민석.

이내 오물거리던 입을 모아 볼에 바람을 넣는다.

점점 부풀어 오르는 풍선껌. 민석의 얼굴만큼 커졌다가 빵! 하고 터진다.

그 소리에 놀란 민석, 재밌는지 꺄르르 웃음이 터진다.

몇 발자국 걷다가 멈춰 서서 풍선을 불고, 터진 풍선껌이 코에 달라붙자 꺄르르 웃고.

몇 발자국 걷다가 멈춰 서서 풍선을 불고, 풍선껌이 피식- 하고 바람 빠지는 소리를 내도 꺄르르 웃고.

그러기를 여러 번. 어느 순간 민석이 걸음을 멈추고는 손에 쥔 남은 풍선껌을 보더니 머리를 굴리는 듯 진지한 표정으로 바뀐다.

그런 민석의 머리 위로 떠오르는 애니메이션!!

풍선껌 한 개를 씹은 민석이 풍선을 불자 머리 크기만큼 커진다.

이어 풍선껌 하나를 더 씹자, 풍선의 크기도 배로 늘어난다.

세 개… 네 개… 씹으면 씹을수록 커지는 풍선껌. 이내 대형 애드벌룬

만큼 커지고.

마지막 일곱 개째 껌을 씹고 풍선을 부는 순간 풍선이 하늘 위로 올

라가면서 풍선에 매달린 민석의 몸도 함께 떠오른다.

이내 빵! 터지는 풍선과 함께 애니메이션도 사라지고!!

행복한 상상에 미소 짓던 민석, 서둘러 하나하나 포장지를 벗기고는

남은 여섯 개의 풍선껌을 모두 입에 털어 넣고 씹기 시작한다.

작은 입으론 감당하기 버거운 풍선껌을 꾸역꾸역 씹는 민석.

언뜻 눈가에 눈물이 맺혀 보이기도 하는데…

8. 이발소 안 / 오전

이발소에 딸린 방 한편, 민석부가 이불을 뒤집어쓰고 누워 있다.

마른기침을 하며 몸을 뒤척이는데 신나서 안으로 뛰어 들어오는 민석.

민석	아빠 아빠 나 봐봐!
민석부	(천천히 민석을 돌아보며) 껌 샀어?

민석   (대충) 어! 잘 봐봐.

뭔가 보여주려는 듯 입을 모아 풍선을 부는 민석.

하지만 얼마 커지지 못하고 픽- 터져버린다.

그 모습을 보며 미소 짓는 민석부.

민석부   민석아!

민석   잠깐만 기다려봐, 내가 대따 크게 불어줄게.

민석, 다시 입을 모아 풍선을 불지만 커지지 않는다.

민석부   민석아!

민석   (양팔을 오버스럽게 벌리며) 이만큼 불어서 하늘로 날아

갈 거야!

다시 시도하지만 픽- 터져버리자 긴장하는 민석.

호흡을 가다듬듯 입안 가득 껌을 씹어 만발의 준비를 하는데…

그때 민석부의 작고 가느다란 목소리!

민석부   민석아! 아빠…

민석   어?

그제야 민석부를 제대로 쳐다보는 민석.

이불에 파묻힌 민석부의 모습이 짠하게 느껴지는 순간!

민석부   껌 하나만!

순간 흐르는 정적.

얼어붙는 민석.

충혈된 눈과 안대 때문에 더 간절해 보이는 민석부.

스포츠머리에 땀이 송골송골 맺혀 있는 민석이 난감한 얼굴로 정면을
응시하고 있다.

입을 꾹 다문 채 울어야 할지, 웃어야 할지, 도무지 모르겠는 민석의
표정에서

엔딩 타이틀…

The End

김영석

여섯 살 때, 집 앞을 지나가는 땡중이 있었다.

어머니에게 물을 얻어 마신 땡중은 어린 나에게 후에 '작가가 될 거라고 말했다.

스쳐 지나가던 땡중이 스치듯 한 말에 한사코 매달려 작가가 됐다랄까.

오늘도 운명처럼 글을 쓰고 있는 중이다.

조용한 겨울

●

김이듬 시

어두운 모서리에 서 있습니다 아닙니다 빛을 더 잘 알기 위해서도 불을 켜기 위해서도

감독이 초반에 죽인 엑스트라처럼 나는 커튼 뒤에서 움직이는 사람들을 훔쳐봅니다 한 토막의 고기를 가지고 있어요 창밖에는 눈보라가 쉴새 없이 몰아칩니다

나는 세상의 수많은 음식에 하나의 음식을 보태는 일을 했습니다 맛있는 것이 없어서 먹을 수 없다는 말을 듣곤 했지요 내가 만든 걸 버리기 아까워서 먹어치우다 보니 체중이 백 킬로그램 넘어갑니다 사람들은 내가 역겨운 질병과 부종에 걸려 몸이 부어올랐다고 생각하죠

대저택의 요리사로서 나는 12월의 저녁 포틀럭 파티를 구경하고 있습니다 깨끗한 정장을 입은 사람들이 아주 조용히 들어왔지요 저들이 손으로 찢을 수 없는 비닐 안에 든 음식을 꺼내려고 쩔쩔맬 때는 뛰어나가

고 싶었어요 요리를 한 게 언제 적이었던가 부질없는 열망과 가벼운 부끄러움이 남은 걸까요 다시 12월의 새벽에 깨어 당신을 위해 달그락거릴 수 있을까요

꺼뜨린 불은 다시 켜지지 않아요 마지막 요리가 뭐였더라 사그라진 꿈은 영원히 사그라집니다 나는 자줏빛 안개 같은 커튼 뒤에서 뭔가 먹어요 겉은 바삭하고 속은 텅 빈 거죠 환각적인 향신료를 마구 뿌렸습니다 내 동료의 레시피를 본뜬 겁니다 이 요리를 먹은 사람들이 알레르기와 복통을 유발했다고 해서 그는 해고되었죠 그는 놀랍도록 줄어들었습니다

나는 해석합니다 사람들은 해석에 반대하지만 내 곁에서 아무도 깨우지 않는 잠을 자는 이들을 해석하는 게 나의 오랜 습관이죠 낮고 음울한 노래를 더 이상 듣지 않아요

182

김이듬

내가 어두운 모서리에 서 있다고 해서 빛을 더 잘 알기 위해서라든가 빛을 본뜨려는 마음을 가지려고 한다거나 그런 게 아닙니다 불 위에 서 있는 감정을 모릅니다 단지 불을 다루었을 뿐

창밖에는 눈보라가 쉴 새 없이 몰아칩니다 모친의 유골 가루가 내려온다고 내 동료가 말한 적 있죠 그는 노끈에 묶인 한 토막의 고기 같아요 우리가 같이 갔던 해변에서 그는 가늘고 긴 해풍에 말라가던 물고기를 가리키며 물었죠 저들은 무엇에 저항하고 싶어하는 걸까

말라가는 것 얼어붙은 것들이 여기에 있습니다 내 곁에 도처에 어둠 한가운데서 허물어지며 나는 쇠파리처럼 나를 사랑하는 이들을 떠올립니다 녹차밭 위로 폭설 내리는 밤입니다

김이듬
여러 장르의 글을 씁니다. 장사도 하고 강의도 해요. 다 별로 재미없어요.

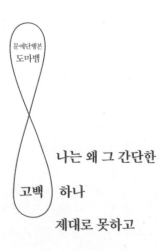

문예단행본
도마뱀

고백

나는 왜 그 간단한

하나

제대로 못하고

초판 인쇄 2021년 2월 1일
초판 발행 2021년 2월 10일

지은이 김봉석, 서정은, 박순찬, 박미리새, 장혜령, 양안다, 이현호,
은정, 이훤, 제인 정 트렌카, 김겨울, 기혁, 진윤정, 곽시탈,
서윤후, 김영석, 김이듬

기획·편집 박은정, 이유진, 이현호, 임지원

책임편집 이현호

디자인 와이겔리

펴낸곳 도마뱀출판사

펴낸이 조동욱

등록 제2007-000083호

주소 03057 서울시 종로구 계동2길 17-13(계동)

전화 (02) 744-8846

팩스 (02) 744-8847

이메일 aurmi@hanmail.net

블로그 http://blog.naver.com/ybooks

ISBN 978-89-960189-6-4 03810